D1040589

Contemporánea

«**Rafael Sánchez Ferlosio**, hijo de padre español y madre italiana, nació el 4 de diciembre de 1927 en la ciudad de Roma. A la edad de catorce años, en el texto de literatura española de Guillermo Díaz-Plaja y en la frase en la que el autor, retratando al infante don Juan Manuel, decía literalmente "tenía el rostro, no roto y recosido por encuentros de lanza, sino pálido y demacrado por el estudio" conoció cuál era su ideal de vida. No obstante, ha sido siempre demasiado perezoso para llegar a empalidecer y demacrarse en medida condigna a la de su ideal emulatorio, y su máximo título académico es el de bachiller. Habiéndolo emprendido todo por su sola afición, libre interés o propia y espontánea curiosidad, no se tiene a sí mismo por profesional de nada.»

Narrador y ensayista, Rafael Sánchez Ferlosio es uno de los más grandes prosistas de la lengua española. Es autor de las novelas *Industrias y andanzas de Alfanhuí* (1951), *El Jarama* (1955) y *El testimonio de Yarfoz* (1986). Entre sus libros de artículos, pecios y ensayos cabe mencionar *Las semanas del jardín* (1974), *La homilía del ratón* (1986), *Mientras no cambien los dioses, nada ha cambiado* (1986), *Vendrán más años malos y nos harán más ciegos* (1993), *El alma y la vergüenza* (2000), *La hija de la guerra y la madre de la patria* (2002) y *Non olet* (2003). Entre los numerosos e importantes galardones que ha recibido destacan el Premio Cervantes, en 2004, y el Premio Nacional de las Letras Españolas, en 2009.

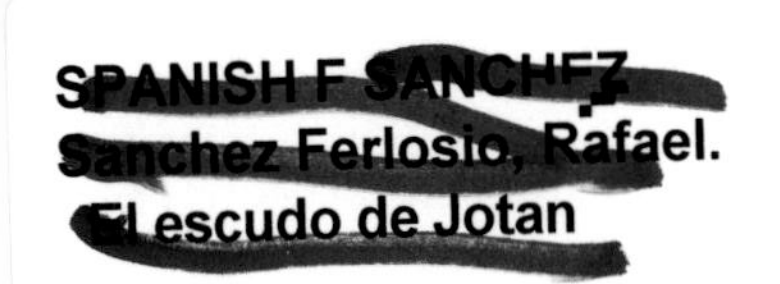

Rafael Sánchez Ferlosio

El escudo de Jotán

Cuentos reunidos

DEBOLS!LLO

Edición al cuidado de Ignacio Echevarría

Primera edición en Debolsillo: septiembre, 2015

Travessera de Gràcia, 47-49. 08021 Barcelona

Printed in Spain – Impreso en España

ISBN: 978-84-9062-814-0
Depósito legal: B-15.759-2015

Compuesto en Edimac
Impreso en Liberdúplex
Sant Llorenç d'Hortons (Barcelona)

P 6 2 8 1 4 0

Penguin
Random House
Grupo Editorial

NOTA DE LOS EDITORES

Aunque perteneciente a una generación de escritores pródiga en cuentistas excelentes (algunos de los cuales, como Ignacio Aldecoa, Medardo Fraile y Jesús Fernández Santos fueron buenos amigos suyos), Rafael Sánchez Ferlosio ha sido él mismo un cuentista ocasional, cuya contribución a este género —el del cuento o relato breve— apenas suma una docena de piezas, buena parte de ellas reunidas en el presente volumen, en el que se dan cronológicamente.

Conviene recordar, así y todo, que fueron dos cuentos los primeros textos publicados por el autor, muy joven aún, ambos en *La Hora. Semanario de los Estudiantes Españoles*: «El sueño» (núm. 6, 10 de diciembre de 1948) y «El caballero de oro» (núm. 41, 11 de diciembre de 1949). Poco después aparecería *Industrias y andanzas de Alfanhuí* (Talleres Gráficos Cíes de Madrid, 1951), libro que si bien suele pasar por novela, fue saludado cuando su aparición, no sin razones, como un «bellísimo collar de cuentos» (así lo describía Ramón de Garciasol en una reseña publicada en *Ínsula*, IV, núm. 58, 15 de agosto de 1951, p. 4). Por aquel entonces,

Sánchez Ferlosio frecuentaba un grupo de estudiantes más o menos letraheridos que se aglutinarían en torno a *Revista Española*, fundada en 1953 por Antonio Rodríguez Moñino. En esta efímera pero fundamental revista, anunciadora de una nueva sensibilidad literaria en la España de la posguerra, Sánchez Ferlosio publicaría dos nuevos relatos: «Niño fuerte» (núm. 1, mayo-junio de 1953) y «Hermanos» (núm. 4, noviembre diciembre de 1953). En «Niño fuerte» se reconoce todavía al autor de *Alfanhuí*; el relato pertenece sin duda a la primera fase de la escritura ferlosiana, caracterizada, según él mismo, por la tendencia a incurrir en «la prosa», o sea la «bella página». «Hermanos», en un estilo mucho más realista, «roza de forma algo tosca la cuestión del enfrentamiento entre la ley y la sangre y el sentimiento de justicia, o sea, entre clan y ciudad, que no dejará de aparecer luego en varios ensayos del autor» (Dilo Manera, «Animales, piedras y un robo», *El Archipiélago. Cuadernos de Crítica de la Cultura*, núm. 31, invierno de 1980, p. 50).

Poco después se embarcaría Ferlosio en la redacción de *El Jarama*, que empezó a escribir recién terminado un relato en el que se prefigura ya el estilo de la novela: «De cinco a seis» (*Ateneo*, núm. 72, 8 de diciembre de 1954). La amplia resonancia de *El Jarama* tendría un impacto paradójicamente negativo en la trayectoria narrativa del escritor, quien, resuelto a eludir «el grotesco papelón del literato» que «se cernía como un cuervo» sobre su cabeza, no tardaría en sumirse en un prolongado y desconcertante silencio. Antes de eso, sin embargo, publicaría aún otros dos relatos, escritos en la estética objetivista que promovió *Revista Española* y que *El Jarama* consolidó: «Dientes, pólvora, febrero» (*Papeles de Son Armadans*, núm. 1, abril de 1956) y «Y el corazón caliente» (*ABC*, 20 de mayo de 1956).

Estos dos relatos del año 1956 son los que abren el presente volumen, del que quedan excluidos los cinco anteriores (los dos de *La Hora*, los dos de *Revista Española* y el de *Ateneo*). El autor nunca ha consentido rescatar ninguno de éstos por considerar que «no valen nada» y albergar respecto a ellos un agudo —y no del todo infundado— sentimiento de vergüenza. Por el contrario, la segunda edición de *Industrias y andanzas de Alfanhuí*, publicada por Destino en 1961 (como núm. 200 de la colección «Áncora y Delfín»), incluía, a modo de complemento —y con la probable intención de aumentar el grosor del libro—, «Y el corazón caliente» y «Dientes, pólvora, febrero», que en las sucesivas reimpresiones del volumen en esa misma colección continuaron publicándose junto a la novelita.

Más allá de los motivos técnicos que pudieran determinarla, no deja de resultar chocante la decisión de reunir en un mismo volumen tres piezas de índole tan dispar. Aunque sólo median cinco años entre *Alfanhuí* y los dos cuentos que se le adosaron, una y otros obedecen a estéticas radicalmente distintas. De hecho, cabría decir que pertenecen a diferentes modalidades épicas —y por supuesto estilísticas. *Alfanhuí*, relato de formación, es, aun a pesar de su tendencia al preciosismo estilístico, una narración de corte tradicional y sabor levemente arcaico; evoca muy a su manera el viejo arte de contar historias, del que Walter Benjamin decía que era «una forma artesanal de la comunicación». La crítica ha reconocido en esta novelita ecos de los cuentos nórdicos y orientales, y la ha relacionado con la literatura fantástica e infantil. En un importante pasaje de la novela (II, 7), el mismo Alfanhuí, su protagonista, se mira en un espejo y exclama: «¡Qué antiguo soy!». Y algo de esa antigüedad impregna su propio relato. En el texto abundan las situaciones de escucha, entre las que cabe destacar muy particularmente el pasaje en que Alfanhuí, a escondidas, alimenta con ramas de romero el brasero de su abuela para que ésta, estimulada por el aroma, se ponga a contar acerca «de sus mocedades, de cuando se vestía de blanco y de verde» (III, 8). La escena es arquetípica de las viejas narraciones orales, cuya fuente solía ser, según Benjamin, «la experiencia que corre de boca en boca».

La lectura de «Y el corazón caliente» y «Dientes, pólvora, febrero» supone el ingreso en un ámbito narrativo —y retórico— completamente distinto. El contraste es tan acusado como el que se da entre *Alfanhuí* y *El Jarama*, novela esta última en cuya estela fueron escritos estos dos relatos, si bien en ellos la materia narrativa no está puesta, como en la novela, tan al servicio del habla de los personajes. Se trata de dos impecables ejemplos del objetivismo en boga en aquellos momentos, practicado en el caso de Sánchez Ferlosio con rigor y austeridad que obvian las connotaciones críticas, denunciatorias, tan frecuentes en los relatos de esta escuela. Después de estos dos cuentos, el autor abandonaría definitivamente la manera en que fueron escritos. Es posible que entre sus papeles se conserven borradores de otros relatos contemporáneos a éstos y de corte parecido (como se conservan, al parecer, un par de novelas escritas en relativa continuidad a *El Jarama*), pero, de ser así, ninguno ha visto la luz.

El tercero de los relatos incluidos en este volumen —y el que le da título— es muy posterior a estos dos primeros. Por medio queda la etapa «anfetamínica» del autor, esos quinces años dedicados a lo que él mismo ha llamado con humor «altos estudios eclesiásticos», ocupados en interminables sesiones «de lecturas y escrituras gramaticales» («La forja de un plumífero», *El Archipiélago. Cuadernos de Crítica de la Cultura*, núm. 31, invierno de 1980, p. 76). «El escudo de Jotán» se publicó originalmente en el diario *El País*, el 18 de mayo de 1980. Poco antes, en enero de 1980, en el número 14 de la revista *Nueva Estafeta*, había aparecido un extraño texto que se presentaba como «Libro primero» de una «Historia de las Guerras Barcialeas». En el entorno del escritor corría desde hacía tiempo el rumor de que éste se hallaba embarcado en un magno proyecto narrativo titulado de ese modo. El relato aparecido en *El País* parecía certificar el esperado «retorno» de Sánchez Ferlosio a la narrativa, después de un largo silencio («un explosivo silencio», según la redacción del diario) que había dado pie a todo tipo de especulaciones. Pero «El escudo de Jotán» no se encuadraba en aquella «Historia de las Guerras Barcialeas», por mucho que la imaginación que lo anima comparta ciertos rasgos con aquélla, entre ellos un marco de referencias intemporal, o más bien ahistórico, en el que los acontecimientos se desarrollan con una cadencia épica, haciéndose empleo de un lenguaje de ademanes arcaizantes, impregnado de solemnidad. En el caso de «El escudo de Jotán», esta solemnidad aparece transida de ironía, y el relato en cuestión configura una especie de humorístico y enigmático apólogo cuyo antecedente más directo seguramente sean algunas bien conocidas fábulas de Kafka, en particular «Durante la construcción de la muralla china» o «Un mensaje imperial». No en vano Franz Kafka se cuenta entre los escasísimos narradores que Ferlosio, poco aficionado a la lectura de ficción, declara haber leído y releído con fruición. (En el ya citado «La forja de un plumífero», p. 81, dice haber releído cinco y hasta siete veces obras como *América*, «Josefina la cantante o el pueblo de los ratones» o «En la colonia penitenciaria».) El apólogo kafkiano quizá sea el patrón narrativo por el que Ferlosio —a su vez lector agradecido y muy aprovechado de textos clásicos como *Calila e Dimna* o *El conde Lucanor*— ha mostrado mayor preferencia, sobre todo en su etapa más tardía.

En 1983, tres años después de su publicación en *El País*, la editorial Alfaguara hizo una edición suelta de «El escudo de Jotán», con ilustraciones de Antonio Cobos. La edición se enmarcaría en la misma colección de literatura infantil y juvenil en la que para entonces ya había aparecido el cuarto de los relatos aquí recogidos, «El huésped de las nieves» (Alfaguara, Madrid, 1982), acompañado en aquella ocasión con ilustraciones de Ricardo Bustos. Sánchez Ferlosio ha consentido de mala gana recuperar este relato, escrito ex profeso para dicha colección. Lo considera «cursi», «edulcorado» y, por si fuera poco, malogrado, debido a que, destinado supuestamente a lectores de poca edad, emplea un lenguaje adulto, a sus ojos demasiado literario. Pero es bien conocida la severidad con que Sánchez Ferlosio suele enjuiciar su propia obra. Como el lector tendrá ocasión de comprobar, «El huésped de las nieves» es un relato encantador, modélico en su género, en el que concurren tres rasgos recurrentes en la obra entera —y no sólo la narrativa— de su autor: la atención a la infancia, la atracción por los animales y la afición por las formas narrativas tradicionales («Había una vez, por los Montes de Toledo...»), ya patente, conforme se ha dicho, en *Alfanhuí.*

Con excepción de *El Jarama* y los relatos escritos en su estela, casi toda la narrativa de Ferlosio es fronteriza de lo que cabe entender, sin ninguna condescendencia, como literatura juvenil. En el número 1 de la *Revista Española*, de mayo-junio de 1953, se daba, en versión al castellano de Ferlosio, la primera entrega de «Toto el bueno», relato de Cesare Zavattini que sirvió de inspiración a la película de Vittorio de Sica *Miracolo a Milano* (1951), con guión del propio Zavattini. El relato iba precedido de una nota de la redacción —presumiblemente escrita por el propio Ferlosio— en la que se aludía a la decepción de Zavattini cuando comprobó que su relato, dirigido originalmente a los niños, no causaba entre éstos mayor entusiasmo. «Tal vez esto se deba —especulaba el autor de la mencionada nota— a que el contenido de este cuento sea demasiado grave para niños, y es posible que los niños tengan derecho a no comprender nada que turbe su bienestar. Queda por averiguar hasta qué punto alcanza este derecho a los niños de cuarenta años.» En la misma nota se recordaba que, al publicar su cuento en forma de libro, Zavattini lo hizo preceder de la siguiente advertencia: «Libro para niños, que pueden leer también los adultos». Una advertencia que bien podría anteceder a varios de los cuentos de Ferlosio.

Como «El escudo de Jotán», también «El reincidente», la quinta de las piezas aquí presentadas, se publicó originalmente en el diario *El País*, el 13 de diciembre de 1987, esta vez en las páginas de «Opinión», un dato que conviene tener presente. Más adelante, cuando se publicaron en Destino dos gruesos volúmenes que reunían buena parte de sus *Ensayos y artículos* (1992), Ferlosio empleó este relato como prólogo a una sección del volumen primero, titulada asimismo «El reincidente» (y en la que, en continuidad a *La homilía del ratón*, recogía también artículos en que se ocupaba de asuntos de actualidad nacional e internacional). Es decir que por segunda vez publicaba el relato en un marco no literario, sino más bien ligado a su faceta de analista, polemista y comentarista de temas de actualidad. En más de una ocasión Ferlosio se ha manifestado especialmente satisfecho con esta parábola, que a su manera replica el célebre apólogo kafkiano titulado «Ante la Ley», y en la que cabe reconocer —bien que muy sutilmente— una suerte de «poética» personal.

«El reincidente» aún volvería a publicarse por tercera vez en *Vendrán más años malos y nos harán más ciegos* (Destino, 1993), volumen de «pecios» al que se añadía también, como si de un pecio más se tratara, «El escudo de Jotán». En una nota al pie, Ferlosio daba cuenta de la previa publicación de «El reincidente» en el primer tomo de *Ensayos y artículos*, para decir que, una vez cumplida allí su misión de prologar el bloque de artículos recogido bajo ese mismo título, el texto se reintegraba a «su sede natural». Tiene interés que Ferlosio dijera que la «sede natural» tanto de «El reincidente» como de «El escudo de Jotán» eran sus colecciones de pecios. Sobre éstos se ha dicho que «no obedecen a una fórmula homogénea», sino que «mezclan reflexiones, esbozos ensayísticos, recuerdos, comentarios, epigramas, donaires, apólogos poemas…». Lo que aúna todo ese material es su condición precisamente de «pecios», es decir, de «restos de una nave naufragada o de lo que iba en ella», conforme a la definición del diccionario de María Moliner. De lo que cabe colegir que, salvo excepciones contadísimas, los escasos relatos que Sánchez Ferlosio ha dado a la luz en las últimas décadas (por no decir, con más propiedad, a lo largo de toda su trayectoria) admiten ser considerados todos ellos como eso mismo: pecios, restos o vestigios de una natural y recalcitrante inclinación a narrar que, por razones difíciles de precisar (razones de naturaleza tanto intelectual como idiosincrásica), habría quedado en Ferlosio reprimida, desplazada o simplemente distraída por otros intereses y ocupaciones.

«Plata y ónix», el siguiente relato recogido en este volumen, posiblemente sea el más extraño al conjunto, dada la aparición en él de un elemento abiertamente fantástico (la aparición de un demonio, encargado de «comprar» almas para el infierno). El origen del relato (publicado originalmente en *La Estafeta Literaria*, núm. 268, 22 de junio de 1993) es una anécdota real oída por el autor durante una excursión a Asturias. Se trataba de una anécdota relativa a la pesca del salmón y a la obsesión a que puede dar lugar entre algunos de los aficionados a ella. Ferlosio recoge la anécdota y la emplea para ilustrar un tema muy querido por él, presente a lo largo de toda su obra: la condición irrepetible de «cuanto alienta bajo el lánguido arco de oro del tiempo consuntivo y está marcado por el dulce, amargo sino de la caducidad» (*Las semanas del jardín*, Nostromo, 1974). El relato consiste propiamente en una ilustración de este motivo, tratado por Ferlosio en no pocos de sus ensayos y pecios, en los que «el antiguo y recurrente pleito entre los bienes y valores», entre el *tiempo consuntivo* y el *tiempo adquisitivo*, constituye un asunto vertebral.

Las dos últimas piezas narrativas que integran este volumen, «Cuatro colegas» y «Carta de provincias», están dedicadas, respectivamente, a Medardo Fraile y a Miguel Delibes, dos narradores con los que Ferlosio mantuvo amistad y a los que apreciaba. «Cuatro colegas» fue la contribución que hizo Ferlosio a un volumen conmemorativo de los *50 años del Premio Nadal* (Destino, 1994). Se trata de una humorada con la que insiste en un asunto al que ha dedicado atención más de una vez: el de la simpatía. Hay un pecio, incluido ya en *Vendrán más años malos...* y recogido de nuevo en *Campo de retamas* (Literatura Random House, 2015), que sirve de eficaz complemento o comentario a esta viñeta narrativa. Empieza así: «No hay nada que pueda impresionarme tan desfavorablemente como el que alguien trate de impresionarme favorablemente. Los simpáticos me caen siempre antipáticos; los antipáticos me resultan, ciertamente, incómodos en tanto dura la conversación, pero cuando ésta se acaba se han ganado mi aprecio y simpatía...» (p. 109). Vale la pena contrastar los dos textos —el de «Cuatro colegas» y el de este pecio— para apreciar de qué modo un pensamiento más o menos parecido se modula distintamente, siempre en las fronteras de lo narrativo con lo confesional y reflexivo.

«Carta de provincias», última de las ocho piezas que integran este volumen, se publicó originalmente en *ABC* el

24 de julio de 2004. Por aquellas fechas, Miguel Delibes acababa de publicar *Muerte y resurrección de la novela* (Destino, 2004), libro en el que reunía diversas notas y apuntes sobre novelistas españoles, de algunos de los cuales trazaba breves semblanzas. Entre ellas, la de Rafael Sánchez Ferlosio, a quien Delibes prodigaba elogios superlativos. Conmovido y agradecido por las palabras de Delibes, Ferlosio se apresuró a ultimar «un cuentecito que tenía empezado», con el objeto de dedicárselo (con tanto más motivo en cuanto en él se alude a la organización de una partida de caza, siendo bien conocida la mucha afición de Delibes por la caza menor, afición que Ferlosio compartió durante su juventud, en la que, fiado de su buena puntería, solía ir de caza por el campo extremeño, al acecho de conejos, liebres, perdices y becadas). El «cuentecito», al igual que «Dientes, pólvora, febrero», tiene por asunto la cacería de un lobo. De hecho, hay indicios para sostener que «Carta de provincias» es un relato escrito con el recuerdo muy presente de ese otro publicado casi medio siglo antes. La lectura sucesiva de los dos potencia la carga irónica del segundo, en el que la mujer que por carta da cuenta a su hijo del alboroto que en el pueblo ha provocado la presunta presencia de un lobo, le dice cómo su padre, al tener noticias de ello, se subió a una peña para otear: «Se debía acordar de aquellos años, cuarenta o más harán, en que fue concejal y luego alcalde, que andaba el lobo muy crecido, y los pastores tenían mucha fuerza para hacerse oír».

Si a «Dientes, pólvora, febrero» y «Carta de provincias» se suma «El reincidente», son tres —sobre ocho— las piezas de este volumen que tienen lobos por protagonistas. Un dato que sugiere una particular querencia de Ferlosio por este animal, en el que él mismo reconoce una «figura característicamente infantil y que al menos en Occidente se erige en arquetipo del animal selvático, o mejor todavía "no doméstico", amén de ser tan mitológica como la del bosque, con el que tan estrechamente se vincula». Danilo Manera ha especulado con la posibilidad de que la atracción que el lobo ejerce sobre Ferlosio se deba a que en él mismo se da «una suerte de "selvaticidad" que lo mueve a contraponer la naturaleza a la civilización, prefiriendo lo espontáneo e imprevisible a lo condicionado y previsible» («Rafael Sánchez Ferlosio e i lupi», prólogo a *Elogio del lupo*, Vascello, Roma, 1991). Palabras quizás algo subidas de tono, pero que brindan un plausible marco interpretativo –muy vago, eso sí– para las tres piezas narrativas que tienen al lobo por protagonista. Y no sólo para ellas: también para relatos como «El huésped de las nieves» o como «Plata y ónix», en los que las figuras del ciervo y del salmón, respectivamente, constituyen otras tantas representaciones genuinas de una naturaleza de la que el hombre adulto permanece dolorosamente enajenado.

Aunque divulgados en diferentes antologías del cuento español de posguerra (como la que preparó Jesús Fernández Santos para Taurus, en 1963, o la de Medardo Fraile para Cátedra, en 1986), los cuentos de Rafael Sánchez Ferlosio sólo en una ocasión previa a ésta han sido reunidos en un mismo volumen, si bien de manera algo abigarrada. Bajo el título *El geco. Cuentos y fragmentos*, la editorial Destino publicó en 2004 un conjunto muy heterogéneo de piezas breves, más o menos narrativas, de muy diversa procedencia. Entre ellas se contaban siete de las ocho piezas aquí recogidas (con excepción de «El huésped de las nieves»). A ellas se añadían ocho más, cuya inclusión en este volumen ha sido descartada por diferentes razones, que se especifican a continuación.

«De los vicarios del nombre de la cosa maligna» (texto publicado originalmente en la revista *Poesía*, núm. 1, marzo de 1978) es una consideración lingüística que en absoluto permite ser tomada por un relato, por amplio que sea el concepto que uno se haga de este término.

«Los lectores del ayer» y «Los príncipes concordes» son dos fragmentos segregados de esa inconclusa «Historia de las Guerras Barcialeas» a la que se ha hecho ya referencia, y a la que también pertenece *El testimonio de Yarfoz* (1986). El primero de estos fragmentos se publicó, como ya se ha indicado, en *La Nueva Estafeta*, en 1980, y el segundo apareció por vez primera en *El geco.* Dada su condición fragmentaria, no parece adecuado darlos aquí como relatos autónomos. Más apropiado sería reunirlos en un volumen junto al *Testimonio de Yarfoz* y otros pasajes de la «Historia» que permanecen inéditos; un proyecto al que Ferlosio se resiste de momento, pero que los editores no desesperan de ver cumplido algún día.

Finalmente, «El peso de la Historia», «Teatro Marcello, en la ciudad de Roma», «La Gran Muralla», «El pensil sobre el Yang Tsé o la hija del emperador» y «Fragmento de una carta de Yndias» se cuentan entre los pecios recogidos en *Vendrán más años malos...*, primero, y más recientemente en *Campo de retamas*. Bastaría esto último para justificar no repetirlos aquí (al margen de otras consideraciones puntuales, como la de que «Fragmento de una carta de Yndias» sea, en rigor, una cita literal y sucinta de eso mismo: una carta de Indias escrita por Francisco Peña en 1589). Pero hay que admitir que las cuatro primeras piezas no desentonarían junto a las reunidas en el presente volumen, en el que, como ya se ha visto, se incluyen otras dos —«El escudo de Jotán» y «El reincidente»— que en su momento el autor también dio como pecios. Lo determinante, en este caso, es la decisión de Ferlosio de segregar estas dos piezas del corpus revisado y puesto al día de sus pecios (*Campo de retamas*); una decisión que —más allá de lo dicho más arriba acerca de la común condición de pecios que en cierto modo comparten todos los cuentos y relatos de Ferlosio— autoriza el darles sitio aquí.

El criterio que conforma el presente volumen es, como se ve, más estricto y restringido que el de *El geco*. Descontando pecios y fragmentos, se dan aquí *todos* los cuentos, fábulas y relatos escritos por Rafael Sánchez Ferlosio, excepción hecha de un puñado de textos primerizos que sólo tienen un interés «arqueológico» —por así decirlo— para los estudiosos. Se trata, en definitiva, de la suma más neta, cabal y completa de la narrativa breve de Ferlosio, entendiendo por tal aquella que en la actualidad el autor suscribe y reconoce como propia.

Por lo demás, conviene alertar de los peligros a que se aboca cualquier intento de ampliar el exiguo corpus constituido por las piezas aquí reunidas. Como ha escrito Javier Fernández de Castro, expresando con particular contundencia una idea compartida por no pocos lectores y comentaristas de la obra de Ferlosio, todo lo que éste ha escrito delata siempre ser «obra de un narrador» («La desmesura del narrador», *El Archipiélago. Cuadernos de Crítica de la Cultura*, núm. 31, invierno de 1980, p. 58). De ahí que resulte tentador segregar de su contexto pasajes narrativos susceptibles de funcionar autónomamente, dada la tendencia del Ferlosio ensayista a la digresión anecdótica o confesional, en las que esas trazas de narrador lucen muy portentosamente. Del mismo modo que cabría espigar de aquí y de allá, a lo largo de toda la obra de Ferlosio, numerosos fragmentos en que habla de sí mismo y de su vida, constituyendo de ese modo una especie de «memorias» involuntarias, cabría hacer lo mismo con un sinfín de pasajes netamente narrativos, que engrosarían sensiblemente un volumen de narraciones breves desentendido de la condición de dar únicamente aquellas que han sido pensadas como tales. Baste pensar en el memorable y desternillante «Diálogo del Gran Café Nápoles» inserto en «El caso Manrique», uno de los apéndices de *Las semanas del jardín*. O en artículos como «Weg von hier, das ist mein Ziel», que se daba «a manera de epílogo» en *La homilía del ratón* (1987).

Abundan los textos de Ferlosio que abonan lo que dice Fernández de Castro acerca de «la inutilidad y la desconsideración inherentes a cualquier distinción entre ensayo y ficción» cuando se trata de un autor como él. Algo especialmente patente, como es de esperar, en el *totum revolutum* de los pecios. Pero no tiene sentido llevar estas consideraciones demasiado lejos. Menos aún si se tiene en cuenta que el propio Ferlosio es el primero en prestar atención a la especificidad de los distintos géneros narrativos, acerca de los cuales propuso en su día el siguiente «esquema», publicado en el diario *El País* el 24 de agosto de 1996:

> Habría, en un principio, una posibilidad de definir y distinguir entre sí de forma extremadamente inequívoca y rigurosa, los géneros narrativos que llamamos «fábula», «cuento» y «novela», a partir de las puras fórmulas lingüísticas que caracterizan sus respectivos modelos ideales. El protagonista de la fábula es el universal, como lo prueba el que ya lleve artículo determinado en su agnición o primera aparición; sólo el universal, por cuanto comporta el acto intencional que refleja la mención sobre la lengua misma, constituye, en efecto, en «personaje» un ser ya conocido para todo oyente: «El cordero bajó a beber al río; el lobo, que estaba bebiendo aguas arriba de él, le dijo...». El protagonista del cuento es, en cambio, un particular individual indefinido, como lo prueba el que su mención de agnición se componga de un nombre común precedido de artículo indeterminado: «Había una vez un molinero que tenía una mujer joven y hermosa...». El protagonista de la novela es, finalmente, un individuo definido (a menudo hasta «históricamente» definido en mayor o menor grado), como lo prueba el hecho de que ya en su agnición aparezca mentado con un nombre propio seguido, incluso, con frecuencia de apellido: «Cuando Karl Rossmann —muchacho de dieciséis años de edad a quien sus pobres padres enviaban a América porque lo había seducido una criada— entraba en el puerto de Nueva York, a bordo de aquel vapor, que ya había aminorado su marcha, vio de pronto la estatua de la

> diosa de la libertad, que desde hacía rato venía observando, como si ahora estuviese iluminada por un rayo de sol más intenso; su brazo con la espada se irguió como con un renovado movimiento, y en torno a su figura soplaron los aires libres». No hace objeción el hecho de que en la novela el nombre propio pueda ser reemplazado por un «yo», y tanto menos si se considera lo inconcebible de una fábula en primera persona y la difícil aceptación de un relato con esa misma identificación de narrador y personaje bajo el modelo más arquetípico del «cuento».
>
> Ya he advertido al principio que estas caracterizaciones sólo pretenden definir «modelos ideales» de los tres géneros narrativos en cuestión. La recurrencia de toda suerte de hibridajes (por lo demás, inexistentes o totalmente anómalos en el caso de la «fábula») en la historia de la literatura no quita, a mi entender, la utilidad analítica del criterio puramente lingüístico que determina estas tres definiciones.

Por supuesto que este esquema no impide reconocer en la obra tanto narrativa como ensayística de Ferlosio «toda suerte de hibridajes», pero da clara cuenta de la conciencia muy lúcida con que Ferlosio incurre en una u otra modalidad, e invita a ensayar, a la luz de estas definiciones, la adjudicación de las distintas piezas aquí reunidas a los patrones bien diferenciados que las determinan: la fábula, el cuento y el relato novelesco, siendo la primera aquella por la que Ferlosio parece sentir una más natural inclinación, por mucho que en el conjunto predominen los cuentos y relatos novelescos, y aun aceptando que Ferlosio se revela en todas los modalidades como un consumado maestro.

DIENTES, PÓLVORA, FEBRERO

Dos tiros habían rajado el silencio de la mancha, y a las voces del hombre saltaron los otros de sus escondites, y acudían aprisa, restregando y haciendo sonar la maleza, de la que apenas asomaban las cabezas y los hombros por encima de las jaras, mientras él los veía venir, con las piernas abiertas, inmóvil, con la escopeta en sus brazos, cruzada delante del pecho, y los miraba con toda su sonrisa, conforme iban llegando, uno a uno, y formaban el corro alrededor de la loba moribunda, que aún se debatía y manchaba de sangre los cantos rodados, en un pequeño claro del jaral, donde los cortos hilillos de hierba de febrero raleaban mojados todavía por el rocío de la mañana. El alcalde fue el último en llegar, cojeando y abriéndose camino con la culata de su arma, por entre la espesura de altos matorrales, a la mirada de todos los otros, que le abrían un hueco en el corro y guardaban silencio, como esperando a ver lo que decía; y primero miró unos instantes a la loba y después levantó la cabeza hacia la cara del que la había derribado y dijo:

—¡Sea enhorabuena, hombre, menos mal! —Le golpeaba el brazo con la mano abierta—. Vamos, has rematado con suerte y has conseguido que sea de provecho el empeño de todos. Esto redunda en beneficio del pueblo, y todos te lo tendrán que agradecer. Te felicito.

—Pues ya lo creo —dijo otro—. Hemos tirado un buen golpe, esta mañana. Ya lo creo que tenemos que estar de enhorabuena.

—Bien, hombre, bien —siguió el alcalde—. Ahí se experimentan los buenos cazadores. Te habrá dado gusto, ¿eh? —Mecía la cabeza, sonriendo—. Pues yo en toda mi vida todavía no he tenido la suerte de plantárseme un bicho de éstos por delante. Zorros, ya ves, de ésos me tengo trincados lo menos cuatro o cinco, ésos sí, que en casa andan las pieles de un par de ellos, el que las quiera ver. Pero de lobos, nada; sin estrenarme todavía. ¡Y el gusto que tiene que dar! ¡Vaya cosa que te entraría así por el pecho, ¿eh?, cuando la vieras a ésta pegar el barquinazo!... ¡Mira cómo se ríe! ¡Esta noche no duermes en toda la noche, capaz, reconstruyendo el episodio y recreándote con él!

—No duerme, no: ¡ni come! —se reía uno pequeño—. Lo mismo que si anduviera enamorado. Igual.

—Bueno, merece un trago, digo yo. No será para menos.

—Venga el trago —decía el alcalde, sujetándose la pierna coja con ambas manos, bajando el cuerpo trabajosamente, hasta quedar sentado a los pies de una encina.Vamos a ver ese trago...

Se le acercaba uno y le ofrecía una botella de anís, que contenía vino tinto:

—Ahí va, señor alcalde.

—No, no es así. Yo voy después. Primeramente al matador, que es el que ha coronado la faena. Le corresponde beber el primero.

—Sí, bien ganado se lo tiene.

—La suerte nada más —dijo el que había dado muerte a la loba, cogiendo la botella—; el albur, solamente, de romper el animalito por mi puerta y entrárseme a la cara. Yo no hice más que cumplir. Si llega a entrarle a otro, pues igual. Igual habría cumplido.

Ya divisaban a lo lejos a los hombres que traían la batida, algunos de los cuales venían a caballo, y más cerca acudía también un pastor, muy aprisa, avanzando a empellones por la espesura de las jaras y blandiendo la garrota a una y otra parte, entre un rumor de arbustos sacudidos y tronchados, y preguntando a voces si había caído el lobo o qué había ocurrido, mientras los otros se abrían en semicírculo, para dejarle paso hasta la misma loba, que aún se seguía debatiendo en agonía, bajo los ojos sonrientes del pastor.

—¡Ah, que ya te conozco! —le decía meciendo la cabeza y amagando con el palo—. ¡Vaya si te conozco, amiga mía! ¡No te hacía yo tan grande, ya ves, pero no te confundo con otra, no tengas cuidado; ni entre ciento que hubiera te me despintarías! ¿Qué?, ¿te llegó la hora?, ¿no es eso? ¡No, si ya te lo decía yo! ¡Mal camino traías para morir en cama! ¿Te creías que te ibas a morir de vieja?, di, ¿que la ibas a escampar toda la vida?...

La loba se agitaba de costado y abría su boca sangrante, mostrando los colmillos, que mordían el aire en vacías dentelladas, fallidas entre la tierra y la fusca del suelo, como queriendo segar los hilillos de la hierba naciente. El matador había cargado de nuevo su escopeta y ya les decía a los otros que se quitaran de delante, pero el pastor lo detuvo por un brazo.

—Quieto —le dijo—. No malgaste un cartucho. Déjemela usted a mí, que de ésta me encargo yo ahora mismo, lo van a ver ustedes. No tire dos pesetas.

—Dos veinticinco —corrigió uno de ellos—; que ahora ya valen a dos veinticinco los de pólvora sin humo.

El pastor no le oyó, porque ya estaba vuelto hacia la grey que apacentaba en la vaguada, por las riberas del regato, y emitía vigorosos y largos silbidos, cuyo eco corría por las laderas, y repetía gritando los nombres de sus perros, dos blancos mastines que al fin aparecieron por entre las ovejas y venían despacio, remolones, meneando la cola, perezosos de tener que acudir a las llamadas de su amo, el cual continuaba incitándolos con voces crecientes, hasta que al cabo ellos mismos, a unos doscientos pasos de distancia, llegaron a recibir en sus olfatos los vientos de la loba, y de repente crisparon sus mansos movimientos y sus pacíficas figuras, como súbitamente erizándose de guerra, y ya rompían en furioso correr, y atravesaban rugientes la maleza, apareciendo a blancos saltos por cima de las jaras, hasta hincar sus colmillos en el cuello de la loba malherida, sacudiéndolo y desgarrándolo entre sus fauces, con opacos rugidos, mientras la voz del pastor los azuzaba, encendida y triunfante, desde el centro del corro, y los hombres miraban en silencio. Luego, no conseguía ya el pastor despegar de la presa a sus mastines, después que los hubo dejado cebarse en sus carnes un par de minutos; y en cuanto hacía por apartarlos, metiéndoles el palo entre los dientes, se revolvían gruñendo contra él y retornaban, ensañados, a la garganta de la loba; la cual, cuando al fin la dejaron los perros, con todo el cuello desollado y macerado a dentelladas, aún conservaba, no obstante, un remoto y convulso movimiento de agonía. Y el pastor se acercó y le pisaba el hocico con la albarca y lo afianzó contra la tierra, y blandiendo en el aire la garrota, le rompió con un golpe certero la caja del cráneo, cuyos huesos crujieron al cascarse y hundírsele en el seso. Después el pastor se echó al suelo y se sentó junto a la loba muerta, y con la mano le anduvo rebuscando entre el pelo del vientre y tiró de un pezón y lo exprimía entre sus dedos, hasta sacarle un hilillo de leche, que saltó blanqueando entre las ingles de la loba y corría por su pelo de sombra y de maleza, a escurrir a la tierra, entre las verdes agujas de hierba de febrero. «Estaba criando», dijo el pastor al levantarse, mirando hacia los otros.

En esto ya venían los batidores y fueron desfilando por delante de la loba, contentos del resultado que había tenido la jornada, y después la quisieron cargar en un caballo, pero el caballo sentía repeluco y empezó a pegar coces y respingos y no se dejaba echar la loba encima, y la tuvieron que amarrar con una cuerda por el cuello y llevarla dos hombres; el uno la traía por el rabo y el otro por el cabo de la cuerda, y así no se manchaban con la sangre. Era una loba muy grande y arrastraban las patas por el suelo, conforme la llevaban, y ya acudían al encuentro de ella dos hombres de una huerta y un yegüero y una media docena de niños, a la salida de la mancha, cuando todo el tropel de cazadores venía descendiendo la ladera. Los chicos le hicieron muchos aspavientos y le tocaban el cuerpo maltratado, y algunos la agarraban por las patas, como si fuese por decir que ellos también la iban llevando con los hombres. Uno pasó toda la mano por la carne del cuello de la loba y la sacó llena de sangre, y luego gastaba bromas a las niñas, porque les iba con aquella mano, a mancharles la cara en un descuido. El alcalde venía retrasado, cojeando, con dos concejales, uno de ellos el que había dado muerte a la loba, y el pastor les andaba insistiendo que bajaran al chozo y pararan allí a mediodía, que él tenía mucho gusto de matarles un par de cabritos y aviarlos enseguida y que comieran todos, como haciendo una miaja de fiesta, ya que habían despachado tan temprano, que no serían ni las once, y ya les quedaría toda la tarde por delante para coger la camioneta y volverse hacia el pueblo a buena hora, porque él sentía que era el primero que les tenía que estar agradecido, y que un par de cabritos no irían a parte ninguna, equiparados al valor de los daños que le habían quitado de encima al ganado, dándole muerte a aquella loba tan golosa y tan tuna y perversa, y que además ya no había remedio, porque había mandado recado por delante, y ya sentía llorar a los cabritos, «escuche... ¿no los oye? —le decía—, ¿no siente cómo lloran?», que los estaban degollando ahora mismo, allá enfrente, en la majada.

La loba fue depositada junto al chozo y salieron a verla las mujeres, pero ellas no reían ni gozaban y sólo se detenían a mirarla un momento, así de medio lado, en el gesto de volverse a marchar enseguida, como quien mira una cosa deleznable, sin otra curiosidad ni otro interés que el de tener la certeza de que había sido aniquilada, y únicamente se encendía en el brillo de sus ojos la torva complacencia de quien tiene delante a la víctima de una venganza satisfecha; en tanto que los niños se agachaban sobre ella y le pasaban la mano por el pelo y le cogían las patas, doblándole y desdoblándole los juegos inertes de las articulaciones, y le tocaban los ojos y le levantaban con un palitroque el belfo ensangrentado, para verle los grandes colmillos que tenía; y finalmente los hombres la contemplaban sin agacharse hacia ella ni aproximarse demasiado, sonriendo, como quien mira una cosa ganada, la prueba y el signo de alguna proeza, un atributo de dominio, o, en una palabra: un trofeo. Había sacado el pastor dos garrafas de vino y todos se sentaron en un corro muy ancho, delante del chozo, mientras que las mujeres descuartizaban los cabritos y los echaban a la olla y los chavales señalaban al hombre que había dado muerte a la loba y que estaba sentado a la derecha del alcalde, y luego señalaban también su escopeta entre todas las otras que yacían alineadas a los pies de una encina, «con ésa le tiró y la mató», y luego un concejal, ya bebido, empezó en voz alta que en ningún otro pueblo sabían hacer lobadas más que ellos; ningún otro pueblo de los alrededores sabía combatir al lobo como hay que combatirlo; y que al lobo hay que combatirlo en su terreno, combatirlo con sus mismas astucias y artimañas; que el lobo había que combatirlo y no había que dejarle ni un día de descanso, porque si no el ganado jamás podría prosperar; que por los otros pueblos salían en busca del lobo como si fueran a robar una gallina, y así buena gana, así en su vida matarían un lobo; porque el silencio era lo primero que hacía falta para enganchar al lobo, y lo segundo no darle en el olfato, y lo tercero la constancia, como en todas las cosas de la vida, además, que sin constancia no se iba a ningún sitio ni nada se conseguía, más que enredar y hacer el tonto; y el lobo es un ganado muy astuto, decía, y camina diez leguas en una sola noche y es necesario exterminarlo, porque es un bicho que mata por matar, porque asesina cien ovejas y luego se come una sola, y eso sólo lo hace por malicia, por hacer daño y se acabó; que igual que una persona avariciosa. Y así paró de hablar y le aplaudieron y todos se reían, no tanto de las palabras que había dicho como de risa que les daba el hecho mismo de que echasen discursos, en este mundo, las personas; pero ya se sentía obligado también el alcalde a pronunciar unos párrafos, y dijo simplemente que, en nombre de todos, le daba las gracias al pastor por la atención y el incomodo que había tenido para con ellos, y que con ello demostraba ser un hombre consciente y que estaba en lo suyo, porque había sabido apreciar la voluntad del ayuntamiento y el beneficio que reporta una lobada en el circuito de la ganadería; y que había muchas personas ignorantes egoístas, o desagradecidas, que no quieren caer en la cuenta y se figuran que eso de una lobada son fantasías del ayuntamiento, que se organizan para divertirse sus componentes y chuparse un buen día de campo a expensas de todos los vecinos, y que decían que un lobo ni quita ni pone, porque los hay a cientos, y querrían trincarlos a docenas, y con ese pretexto se excusan de soltar una perra para el lobo; y que aquellas personas debían de tomar un ejemplo de este pastor, que cuando así lo hace será porque lo sabe, y que con aquello no hacía más que demostrar que tenía un poco de conocimiento de lo que era el ganado y lo que era el lobo; y el pastor sonreía escuchando al alcalde y asentía con gestos de cabeza, y luego dio las gracias, a su vez, diciendo que esa loba que hacía ya cuatro años que la tenía puesto el ojo y la venía reconociendo, lo mismo por la pinta que por el rastro que dejaba: que marcaba dos dedos un poco más abiertos, en la huella de la mano derecha; y que a menudo tenía su asunto por aquellas dehesas del alrededor y ya le había ocasionado bastantes daños y disgustos, que le tenía hasta acobardados a los perros, porque siempre los había breado, con carlancas o sin ellas, las tres o cuatro veces que se habían enzarzado; que por lo tanto aplaudía el que el ayuntamiento hubiese tomado cartas en el asunto, y mayormente con este final tan fructuoso con que habían acertado a ventilarlo en el viaje de hoy; y que a él no le debían agradecimiento ninguno, ya que no hacía más que corresponder, y en mucho menos de lo que merecían; y que él, por su parte siempre apoyaría, un poco, desde luego, pero que siempre apoyaría, en la estrecha medida de sus posibilidades.

De modo que con aquellas y otras arengas les dieron tiempo a los cabritos a alcanzar el final de su guisado y pronto se vieron aparecer, desde detrás del chozo, los rostros afogonados de las cuatro mujeres, ofuscadas ahora entre los velos del vapor que les subían de las artesas humeantes que traían en sus manos, en tanto que el pastor ya se había levantado y disponía dónde habían de dejarlas, repartidas por el corro, de forma que de cada una de ellas comiesen seis o siete hombres; y en todo miraba el pastor que estuviesen sus invitados atendidos de la manera en que él creía que pudiese resultarle de mayor agrado, y que no careciesen de nada, y luego, al verlos comer se reía, diciendo que cuántos años pasarían hasta volverse a ver su chozo rodeado de tanta y tan estimable concurrencia, mientras siguiera guardando ganado por aquellos andurriales dejados de la mano de Dios. Había cuatro mujeres en el chozo, la una vieja, la otra joven, y de las dos de edad mediana, no sabían cuál era la de él; así que cuando luego, pasadas la comida y sobremesa, y ya empezando a decir que se marchaban, quisieron dar diez duros de propina por las molestias que se habían tomado, no sabían a cuál de las mujeres se los entregarían, ni se atrevían a preguntar; conque el alcalde, entonces, por salirse de dudas de una forma discreta, se dirigió hacia el pastor y empezó a preguntarle cuántos hijos tenía y cuáles eran de aquéllos; y él le dijo que cuatro, y dos se los señaló con la garrota entre un grupo de varios que jugaban debajo de una encina, con el gesto de quien escoge en el rebaño los borregos que desea salvar de la derrama; y otro mayor, dijo, que ahora lo tenía con el ganado por el monte; y el cuarto, se metía en el chozo a por él y lo sacaba en sus brazos, a la puerta, todo envuelto en toquillas de lana, y se lo enseñaba al alcalde, sonriendo, «mire qué lechoncito», entreabriéndole un poco los pliegues de la ropa, para que le pudiese ver la cara, allí dentro, ausente de expresión, los ojines cerrados, legañosos, apenas alentando, como todo él sumido, allí dentro, en un letargo de crisálida. «Hay que ver, cuatro meses», decía riendo el pastor, y volvía a arroparlo; y el alcalde, a su vez comentaba: «Ya; ¡quién diría que esto es un hombre de aquí a veinte años, y le dará batidas a los lobos!». Y mientras el pastor metía nuevamente a su niño en el chozo, los demás ya se estaban levantando y recogían sus cosas, disponiéndose a ir hacia la carretera, para coger la camioneta y regresar al pueblo con el día. El yegüero de antes había desollado a la loba y la había sepultado; y la piel ya la tenía preparada, mediante una armadura de cañas en cruz, como una cometa, de forma que se mantuviera extendida y tirante, hasta secarse por entero; y ahora todos la veían desde el camino, colgada de la rama de una encina, no lejos del chozo, donde a ratos el aire la mecía y la hacía girar lentamente.

1-4 de marzo de 1956

Y EL CORAZÓN CALIENTE

Estos días de atrás, cuando hizo tantísimo frío, no se veían más que cosechas y cosechas destruidas del hielo, por toda la carretera litoral de Barcelona hasta Tortosa. Murieron inclusive muchos árboles frutales, y naranjos, y olivos. Hasta viejos olivos, ya árboles grandes, padres, se llegaron a helar, como los débiles geranios. La cosecha de flores, arrasada. Se lamentaban por sus flores los campesinos del Panadés, de la Plana de Reus, del campo de Tarragona.

Sobrevivían los pinos marítimos bajo el cielo de acero, contra vientos glaciales que entraban de la mar a mediodía: los arbustos bravíos, agitando sus melenas verdioscuras entre los blancos peñascales, hacia las faldas del Montsant.

Y que las flores, allá penas, ya podía fastidiarse la cosecha de flores —discutía en un bar de carretera entre Vendrell y Tarragona un camionero de Aragón. Empellones de viento oprimían la puerta de cristales y hacían crujir las maderas y vibrar los cuadrados cristalitos de colores, por toda la fachada del local. Qué gracia, ¿es que no eran también una riqueza?, ¿es que acaso no daban dinero por las flores?, que a ver si con el frío tenía perdido el sentido común. Un tercero salió con que no sería extraño, con que si aquellos fríos exagerados, tan fuera de la ley, traían a la gente trastornada con las reacciones más impropias; que a él, sin ir más lejos, le daba por la risa, por echarse a reír a carcajadas, ya tan disparatado como era tantísimo frío. Por las rendijas se metían los cuchillos de aire, al calor del ambiente empañado de alientos humanos y de vapor de cafetera, entre tufos de anhídrido carbónico y aromas de tabaco y de café. Ardía la salamandra de antracita; su largo tubo negro atravesaba el cielo del local, por encima de todas las cabezas, y salía a la calle por un agujero circular, recortado como una gatera en uno de aquellos más altos cristalitos de colores. El barman meneaba la cabeza: pues no era cosa de reírse, que las flores valían mucho dinero. De nuevo, el de Aragón, que por las flores era una pajarada andar llorando, cuando tantas legumbres y hortalizas, de las que se sustentan las personas, se habían echado igualmente a perder; flores, para los muertos. «No quiero flores —dijo—, primero son los vivos.» Se volvía, al decirlo, hacia las mesas, y agitaba en el aire la cucharilla del café. Detrás jugaban a las cartas. El barman no podía estar conforme: y que las flores podían ser un lujo para aquel que las compra, pero que no lo eran para quien las produce y las vende, habiendo puesto en ellas su dinero, su inteligencia y su trabajo. Y el maño, que ya en ese plan más valía dejar de discutir; que si quería entender las cosas de esa forma, sobre esa base lo mismo podía valorar esta jarra —la levantó del mármol, mostrándola en su mano— no ya por el servicio que le hacía, sino por lo que a cualquier caprichoso antojase ofrecerle por ella, que caprichosos siempre hay. A lo que el barman replicó que si las flores eran un capricho, se trataba de un capricho bastante común, y que, si se iba a ver, la mitad de la vida son caprichos, y en ellos se gastan los hombres gran parte del dinero, y que a ver si es que él no fumaba y no iba al cine alguna vez. En esto, el de Aragón ya le estaba diciendo que no con la cabeza desde antes de saber lo que el barman le decía, y replicó que al cine, por llevar a sus hijas los domingos, pero que a él le aburría más que una misa; y respecto al fumar, el tabaco no era un capricho, sino una necesidad más necesaria que otras muchas. Entonces el que le entraba la risa por el frío los mira a la cara a los dos: «A ver quién es más cabezota», les dice riendo. El barman se encoge de hombros, y ya dejaron la disputa.

El camionero se tomó una copita de ginebra detrás del café; después enciende media faria y dice que se marcha, que se le helaba el radiador. Al cruzar el umbral sintió de golpe todo el frío, y se vuelve a los otros, se sonríe: que si también sería a lo mejor algún capricho viajar en un día como aquél. Le vieron, por los cristales empañados, cruzar la carretera; parecía un perrito, con aquel cuerpo que tenía, embutido en el cuero; lo vieron encaramarse a la cabina del enorme camión encarnado. Llevaba una carga de hierro, de estas formas corrientes que se emplean para la construcción.

Conque no habrían pasado un par de horas, poco más de las cuatro serían, cuando vienen dos hombres a caballo por el kilómetro cuarenta entre Reus y Tortosa, y en esto, al asomar de una revuelta, ven abajo el camión, con las ruedas al aire, salido del asfalto y recostado sobre el lado izquierdo. Pican a los caballos y llegan a él, y se apean, y allí no ven a nadie, ni señales de sangre en la cabina ni nada. La caja del camión estaba así apoyada contra un árbol, que eso fue, desde luego, lo que lo perdonó de despeñarse hasta la playa; y toda la carga volcada hacia el barranco, cada hierro por su lado, esparcidos por entre las peñas de la abrupta ladera.

Así es que al no ver a nadie en el sitio, echan una mirada en derredor, cuando de pronto, ahí mismo, al otro lado de la carretera: el hombrecín. Allí junto se había agazapado, en una especie de cobijo, como una garita de tierra, que hacía de terraplén; y quieto allí, sin decir nada, las manos así puestas sobre un cacho de fuego que se había organizado con cuatro palitroques y un puñado de pasto y hojas secas. Conque acuden a él y le hablan, esas preguntas que se hacen, sobre qué había pasado, si estaba herido a lo mejor, si notaba alguna cosa. Y él no los mira siquiera, ni levantar los ojos de la lumbre; no hizo más que mover levemente la cabeza en sentido negativo. Le insistieron a ver qué le pasaba —ya un poco molestos, ellos—, si precisa de algo, si tienen que avisar a alguna parte, una ayuda, cualquier cosa que sea; y lo mismo, sigue el tío sin mirarlos a la cara. Nada más una mano levantó, con fastidio, señalando a las bestias, y ya por fin les suelta una arrogancia: pues sí, que enganchasen las bestias al camión, y ellos empujando por detrás; nunca se sabe, a lo mejor entre los cuatro eran capaces de sacarlo. Ellos, «oiga, esto no, no nos ha de hablar mal», y que tendría sin duda sus razones para estar contrariado, pero ellos no hacían sino cumplir con el deber de socorrerlo, y tampoco tenían ningún derecho a recibir malas palabras. El otro, nada, echando palitos en el fuego, sin mirarlos; que agradecido —les dijo—, pero que a ver ya qué cuernos de ayuda le iban a servir, cuando ya estaba hecho el deterioro, y sucedido cuanto tenía que suceder; que prosiguiesen su camino, y a la paz. Lo miran de mala manera, ya ellos con el pie en el estribo y cogiéndose a las sillas, y le dice el más joven —hijo del otro, a lo mejor—, le dice, montando, que en fin, que ahí lo dejan; que por verlo en el trance en que se halla, no quieren tomárselo en cuenta, pero que a otro a estas alturas ya le habrían fracturado los huesos que el camión había tenido el mal gusto de no quererle fracturar. Y con esto ya pican los dos a sus caballerías y se largan sin más contemplaciones.

De forma que siguieron los dos hombres carretera adelante, y más allá se toparon con otro camión que venía para ellos, y le hacen señas de que pare. Acercó uno la bestia al camión, mientras el chófer ya bajaba el cristal de la cabina: «*Què vols?*». Venía un ayudante con él. Y a todo esto los fríos aquellos apretando, que iban a más a cada instante. Enteramente blancos salían los vapores que soltaba el tapón del radiador y los resuellos que brotaban de las narices del caballo. Pues ya el hombre les cuenta lo que hay, que ha volcado un camión allí atrás, no habrá un kilómetro, más tal y tal detalle, la forma en que el sujeto se había puesto, que no valía la pena desde luego molestarse por tipos así, pero que se iba a congelar con aquel frío tan asesino. Y el chófer, que cómo es el hombre. Pues pequeñín, ya tendría cumplidos los cuarenta, con cara de garbanzo, un tipo atravesado, hepático, una guerrera de esas de cuero, y que le estaba la guerrera un poco grande; y el camión, colorado. Se miraron los otros —se ve que ya le conocían—, y asentían sonriendo, al identificarlo por las señas que les daba de él el del caballo; y que si seguro que no estaba herido. Que no, que ni un rasguño.

Ya por fin continúan los del camión, y acto seguido se presentan en el lugar del accidente, y en esto hay ya también un Citroën allí parado, era un once normal, del cual Citroën ya se había apeado un señor a la vera del maño, y el maño sin moverse, ni pío; en la misma postura seguía, encogido, ni mira a los que llegan —siquiera hubiese levantado la cara de la lumbre un instante: ni eso, no miró. Se apean los del camión, se acercan igualmente, y que vaya por Dios, pues cómo habrá volcado de esa forma —todo esto con buenas palabras—; y mudo, no contesta; encogerse de hombros, lo único, apartar la cabeza hacia un lado, como aquel que no quiere saber nada de nada. «No, si no les contesta —advierte el del turismo—. No sé lo que le pasa; debe de estar acobardado.» Miraron ellos para el hombre, y hacia el Citroën detrás de él; también venía una mujer con un gorro de lana amarillo, tras el cristal del parabrís. Ya uno de ellos le dice al marido, o el parentesco que tuviera, le pregunta: «¿No trae usted una botella, un licor para el viaje, alguna cosa de bebida?». Asintió el del turismo, «whisky», le dice, y se acerca a por él. Y en lo que va el hombre al coche y regresa, se le ocurre al ayudante del camión tocarle al maño en el hombro con la mano, que no tenía que angustiarse, que salvando el pellejo, lo demás..., y el maño se revuelve, evitando la mano; un resorte muy brusco le hizo, como que se la habría mordido, capaz, si no la quita a tiempo; y se dispara en qué querían con él, ¿habían volcado ellos? No. Pues cada cual por su camino, entonces. Que ni siquiera tenían que haberse parado, ¿que venían a apiadarse de nadie?, como si él no lo supiera lo que tenía que purgar. ¿No tenían sus vehículos en regla?, ¡pues hala!; que se agachasen sobre otro para curiosear.

Luego ya, se ha acercado también la señora con el hombre del whisky; se inclinó ella hacia el maño y le ofrece un paquete de galletas cuadradas, de estas que vienen envueltas en papel celofán. La mira, y que cómo quería que él comiese galletas ahora, que cómo comprendía que un hombre se pusiese a comer una galleta en una situación como la suya; si no lo veía ella misma que no podía ser, que aquello era una equivocación. Y el marido, por lo menos el whisky le pide que se tome, ¿qué le cuesta tomarse un traguito? De beber, pues tampoco, tampoco podía beber, que no se molestasen, ¿les parecía corriente ponerse él ahora a beber o a comer galletitas? «Mire que estamos a nueve bajo cero», le decía el del turismo. Ni eso, no quiso beber. «Déjelo, éste está un poco mal de la cabeza y se cree que nos vamos a tirar aquí horas enteras los demás, contemplándolo a él, hasta que quiera decidirse a ser una persona razonable.» Y a todo esto no tenía ya más palitroques y hojas secas al alcance de la mano, y nada más había un rescoldillo de brasa debajo de él: le subía una hebra de humo azulado hacia los ojos y se los hacía llorar. Claro que sí, que se marchasen, dijo, que no tenían necesidad de padecer el frío ni de purgar ninguna cosa allí con él; que lo dejasen, que él ya lo pasaría tal como a él sólo le pertenecía tenerlo que pasar. Y la señora que cómo pretendía que se fuesen tranquilos; que no se podían marchar en modo alguno con aquel cargo de conciencia. «Venga, maño, levanta ya de ahí, métete en la cabina ahora mismo o lo hacemos nosotros a la fuerza; estás entreteniendo a estos señores, estás dando la lata, te comportas como una criatura de tres años, ya sabes además que no podemos parar mucho tiempo, que los depósitos se hielan.» Estaba tiritando debajo de sus ropas, y levanta los ojos y mira a la señora y ya saca una voz disminuida, por favor, que siguieran su viaje, que comprendiesen que él no podía cogerle las galletas ni el whisky de su esposo, pero que igual lo agradecía; que por él no tuviesen cuidado, que helarse no se helaba; que se hielan las plantas y las flores y los árboles, todo bicho viviente, pero que el hombre no se hiela, porque si no a ver quién queda para sufrir el castigo del frío, y para alguien tendría que estar hecho ese castigo, que se fuesen tranquilos, que no le vendría esa suerte de quedarse congelado como una coliflor, porque para eso tenía la sangre caliente, no fría como los vegetales, para poder darse cuenta de las cosas y padecerlas y purgarlas y encima vivir todavía; que allí había volcado y ya nadie podía levantarlo de pasar su castigo, aunque hubiese personas amables y buenos compañeros; y después les dio el nombre de su pueblo, en la provincia de Teruel, y las señas de su casa, que allí tenían la de ellos, si pasaban un día. Ya la señora, ante aquello, se volvió hacia los otros con una mirada de inquietud, y luego miró al maño nuevamente, encogido en el suelo, tiritando sobre la mancha negra de su lumbre apagada. «No padezcan ustedes de marcharse, señora; sin reparo ninguno —la tranquilizó el ayudante—; descuiden que nosotros aquí no lo dejamos.» No paraba aquel aire glacial que congelaba el vaho de los cristales, formando sobre ellos dibujos de escarcha; y el maño miraba a los otros, desde abajo, con unos ojos muy abiertos, que iban de una cara a otra, atentamente, como queriendo seguirles cada palabra y cada gesto.

Y ya se van a ir los del Citroën, y los del camión todavía diciéndole al maño que atendiese a razones, que por qué no ponía un poquito de su parte, también, para no echarse al surco de aquella manera; al fin y al cabo era un percance que todos ellos estaban expuestos a tenerlo el día menos pensado, sin que fuera tampoco de mayor gravedad, ni para acobardarse hasta tal punto y quedarse aculado en aquella zorrera; y que si tenía pensamiento de continuar así en ese plan, que entonces no se incomodase si lo cogían ellos por un brazo cada uno y lo sacaban de allí a viva fuerza. Él, que no le contasen lo que era aquel percance, que ya lo veía por sí mismo clarísimamente, que no era tampoco una berza para pasarlo sin sentir, ni quedarse congelado lo mismo que las berzas cuando el hielo las hiela, lo mismo que el camión, ahí patas arriba, que ya no siente ni padece, ni si estaban a nueve bajo cero como si estaban a noventa, no; a él nadie tenía que explicarle lo que era aquel castigo, porque tenía la sangre funcionando y el coraje de tanta mala sombra como le había sobrevenido. Llega en esto un ronquido de motos y aparece de pronto la pareja de Policía de Carreteras y se paran y acuden al maño, que ya está tiritando todo él como una hoja y haciendo diente con diente, de frío. Los otros les contaron lo ocurrido a los dos policías y que se debía de haber acoquinado, a lo mejor por el susto del vuelco y por la consiguiente desazón, y se negaba a moverse de allí por cosas raras que se imaginaba, obligaciones, vaya usted a saber. Los policías se dirigen a él, y que vamos, que se levantase, que el día no estaba para bromas ni muchísimo menos, y que se metiese en el otro camión, que a por el suyo ya mandarían una grúa, cuando fuera. El maño se revuelve, que allí la mala sombra lo había revolcado y de allí no daría un paso más, donde lo había cogido su castigo. Ya sin más, echan mano de él los policías y lo levantan a la fuerza; él queriendo zafarse, y renegando, y ellos intentando aplacarlo y someterlo, hasta que casi a rastras y a empujones lograron ya sentarlo en la cabina del camión, entre el ayudante y el chófer, donde al cabo dejó de resistirse, agachó la cabeza y se quedó taciturno, encogido y temblando, casi enfermo de frío.

Oscurecido, llegaron al bar de carretera donde había estado el maño a mediodía, y le hicieron bajarse, los otros, y entrar en el local. Los policías habían precedido al camión, y ahora uno de ellos le indica que se siente al calor, junto a la salamandra, y al barman que le ponga un café doble, con un chorrito de coñac. Y mientras se lo pone, los otros en la barra comentan en voz baja lo ocurrido, y el maño ahí sentado, los brazos sobre el mármol de una mesa, y así fijo, que no se le cuajaba la mirada sobre ninguna cosa. Conque ya se le acerca el mismo policía, con el café con leche, y se lo deja en la mesa, humeando, delante de él y que se anime, hombre, que no se lo deje enfriar, le recomienda, que ya vería cómo con eso reaccionaba y entraría enseguida en calor.

Él rehusó, apartó el vaso de sí con el codo, y abatió la cabeza sobre el mármol, enterrando la cara entre los brazos, y se puso a llorar seguidamente.

EL ESCUDO DE JOTÁN

Demasiado conocedor de los humores y las señales del Imperio, de las quietudes y las agitaciones de los pueblos de la Ruta de la Seda, de los aterradores torbellinos de polvo, de ventisca o de soldados del Kansú era el caravanero que traía tan alarmantes nuevas como para arriesgarse a no hacer caso a sus palabras cuando daba por seguro que aquella vez los alardes y los preparativos del emperador con sus ejércitos iban de verdad. Por la experiencia de los tiempos se sabía que los emperadores respetaban a los pueblos y ciudades que tenían reyes o kanes o gobiernos completos capaces de rendirles cumplido vasallaje, que no es la simple entrega de los cuerpos, sino el ofrecimiento de los nombres; pero que destruían a las despreciables gentes que se dejaban vivir únicamente según las tradiciones, sin títulos de fundación y con poca o ninguna gerencia establecida. Y la ciudad de Jotán se decía: «Es nuestra perdición, que apenas si tenemos una cámara de comercio, una administración de azotes y mutilaciones y una inspección de sanidad de caravanas». Pero un fabricante de máscaras halló la solución: «Si no tenemos kan, lo fingiremos; si no tenemos justicia, la simularemos; si no tenemos soldados, yo enjaezaré cien caballos con sus caballeros y disfrazaré a quinientos jóvenes como de infantería, y con tal arte que únicamente la batalla que nunca habrán de combatir podría llegar a comprobar si sus armas son de hierro o de madera y sus yelmos y broqueles de bronce o de cartón».

Dicho y hecho. Toda Jotán se puso en movimiento. Y para la esperanza de salir adelante con su empeño no sólo contaban con la lentitud que es connatural a todo imperio, sino también con la consideración de que cualquier campaña de gran envergadura en el corredor de Kansú y en la Kasgaria que no quisiese abocarse a la catástrofe tenía que saber medir muy bien sus tiempos y calcular cuántos hombres o millares de hombres, en qué estación y debajo de qué cielos iba a tener a cada uno de los pasos del plan preestablecido. Así pudo Jotán disponer de tantos meses para armar su engaño, que cuando al cabo empezó la primavera y las noticias de las vanguardias del ejército imperial comenzaron a hacerse cada vez menos remotas, los jotanenses se habían embebido hasta tal punto en los preparativos, y a tal extremo se habían compenetrado con la idea del espectáculo, que, temerariamente, parecían tener casi olvidada la índole ominosa y nada voluntaria ni nada placentera de la motivación original. En lugar de sentirse cada vez más temerosos, como quien ve venir el día de una terrible prueba, se mostraban cada día más excitados y llenos de impaciencia, como el que cuenta las horas que le faltan para la gran fiesta y no quería otra cosa que apresurar el paso de la espera. Una y otra vez, los más sensatos tenían que recordar a los demás que aquellas rigurosas paradas militares, aquellas aparatosas y fantásticas ceremonias ciudadanas, aquellas enguirnaldadas, hieráticas y reverenciales procesiones de doncellas, cien veces ensayadas ante un emperador de trapos viejos embutidos de heno o de borra de camello, no eran cosa de burlas ni de broma. Pero las risas de nácar de las mujeres de Jotán restallaban cada vez más incontenibles contra el cielo de seda azul y blanca del Kuen Lun.

La selección del que había de hacer de kan se hizo bastante trabajosa, pues nada hay más vanidoso en este mundo que un turco cincuentón, y fue ardua tarea conseguir la renuncia a papel tan prestigioso de una veintena larga de ricos prestamistas y tenderos, todos los cuales pretendían tener «una noble cabeza de mongol». Por el contrario, no hubo vacilación alguna para dar el papel de ajusticiado —pues me falta indicar que a fin de persuadir al emperador de la solidez de las instituciones de justicia de Jotán se había considerado indispensable incluir en el programa de las ceremonias una ejecución capital—, y como hombre de apariencia más abyecta fue al punto señalado un corasmio afincado en el oasis de Jotán y que tenía los dientes separados y, según juicio unánime, una sonrisa repugnante. Pero como era servicial y bondadoso, algunos que tenían un severo sentido de la dignidad le decían: «Tú, no», reprochándole que aceptase aquel papel tan feo por juzgar que el corasmio era merecedor de otro más honroso; a lo que él se reía, con sus horribles dientes, y decía: «No importa, que tendré una cabeza de reserva para el emperador y salvaré la mía al tiempo que las vuestras». Y es que el truco arbitrado para la ejecución era una cabeza falsa, copiando sus facciones, a llevar bajo el holgado sayo de los ajusticiados, para soltarla al tiempo de caer el hacha, escondiendo la propia como una tortuga, y con una vejiga de sangre de ternero, que reventaría en aquel instante salpicando el tablado y un poco en derredor.

Llegó el emperador, con su corte militar, su guardia y un ejército. Salió el falso kan con sus fingidas huestes, a una jornada y media de Jotán, a darle la bienvenida y ofrecérsele por vasallo con toda la ciudad. En una vasta pradera que había sobre los barrios altos, a la parte contraria del oasis, fue plantada la inmensa tienda de campaña, de seda amarilla, del emperador, y en derredor las tiendas rojas de los eunucos y las azules y negras de los mandarines, y luego el campamento de la guardia en sucesivas circunferencias concéntricas, hasta cubrir un área cuatro veces mayor que la ciudad. Sobre un radio de este círculo, desde la puerta alta de Jotán hasta el suntuoso dosel que daba entrada a la tienda del emperador, se formó una avenida de mil doscientos pasos, alfombrada en toda su longitud y permanentemente flanqueada por dos filas de lanceros inmóviles. A un lado de esta avenida, cerca de la ciudad, los carpinteros de Jotán tenían ya armado, desde semanas atrás, el cadalso para la ejecución, así como una gran tribuna con un palco cubierto para el emperador y un amplio graderío para los demás espectadores. Del centro de la tarima del cadalso arrancaba un mástil altísimo con un sistema de cuerdas para izar rápidamente hasta la misma punta la cabeza del decapitado, antes que nadie pudiese verla desde cerca y descubriese la ficción.

Pero la ejecución, al alba del día siguiente, salió perfecta en todo. El emperador sonrió benignamente al ver rodar aquella única cabeza y agradeció la ceremonia, expresándole al kan, por intermedio de un eunuco, que la función no había desmerecido de las ejecuciones del Imperio sino en la cantidad, pues allí las cabezas se cortaban sólo de mil en mil. Y todo siguió perfecto de ahí en adelante, salvo que conforme el día fue avanzando a través de la ininterrumpida sucesión de agasajos y de ceremonias, los jotanenses hubieron de verse cada vez más sometidos al asalto del más reiterativo y pertinaz de los ejércitos: el de la risa. Oleadas que iban y venían en acometidas contagiosas, que recorrían la extensión de la apretada y vasta multitud como las ondas del viento por las mieses, conatos que subían y bajaban en recurrencias cada vez más agudas e insistentes y más dificultosamente reprimidas; risas, en fin, unánimes, constantes, que si al principio podían ser interpretadas como expresión de una alegría sincera aunque un tanto bobalicona y pegajosa de los jotanenses por darse como vasallos al emperador, a la tarde empezaban a hacerse ya un poco desusadas, suscitando miradas de extrañeza, despertando cada vez más la suspicacia de los soldados y oficiales del Imperio destinados a compartir durante todo el día la presencia del pueblo de Jotán. Así que, cuando a la tarde, ya cerca de ponerse el sol, casi toda Jotán se desplazó hasta el campamento, y una gran parte de ella fue a engrosar hasta un punto escandaloso el ya nutrido número de los notables que acudían a la propia tienda del emperador para la recepción que éste les ofrecía como nuevo señor a sus nuevos vasallos, ya era casi imposible justificar las risas, más imposible aún disimularlas, y no digamos siquiera contenerlas.

Otro género muy distinto de extrañeza fue el que, entretanto, acometió a unos lanceros de la guardia al observar el inusitado comportamiento de los cuervos con la cabeza del decapitado izada todavía en lo más alto de su mástil; uno tras otro, en efecto, acudían a ella los cuervos volando desde lejos, pero no bien llegaban a pocos palmos de ella quebraban de pronto el vuelo, con un graznido entre de rabia y burla, y se volvían en el aire, alejándose aprisa, como enojados del insolente cimbel. Ansioso de averiguar aquel misterio, un oficial mandó al fin que se arriase la cabeza y al punto fue desvelado el simulacro. Varias escuadras de soldados fueron lanzadas a la busca y captura del reo prevaricador, que, estando desprevenido de cualquier persecución, fue habido fácilmente y apresado por el cuello en un pesado cepo de madera, que lo forzaba a ir en pos de los soldados como un perro llevado del collar para ser conducido ante los mandarines o tal vez ante el propio emperador.

Tal muchedumbre había llegado a concentrarse, en este medio tiempo, como más que abusivo acompañamiento de los notables de Jotán, bajo la dilatada hospitalidad de los techos de seda del emperador, que la risa no precisó ya de las vías de la vista y el oído para correrse, extenderse y agigantarse, cabalgando la ola del contagio, puesto que ahora, aun antes de verse ni oírse unos a otros, aun sin reconocerlo como efecto de risa u otra cosa, ya el estremecimiento más leve y contenido recorría la multitud, directamente transmitido de uno en otro por el simple contacto de los cuerpos, casi en la forma pasiva e inevitable en que las cosas inertes y sin vida se comunican la pura vibración. Quedando así finalmente burlado por los ciegos resortes corporales todo freno capaz de sujetarla, la risa de los jotanenses se hizo abierta, total e incontenible. La risa se alzaba, pues, por vencedora, y el simulacro no podía ya desmentirse, aun a falta de toda precisión sobre su alcance, ni el entredicho podía ya ser soslayado. Eunucos, mandarines y oficiales, que, como dignatarios del Imperio, estaban haciendo los honores de la corte en la multitudinaria recepción imperial, viéndose ahora cada vez más embarazados y en suspenso, fueron quedando en silencio uno tras otro y volviendo, expectantes, la mirada hacia el emperador, que, inmóvil en su trono, inmóviles la mirada y la expresión, a la vez parecía no ver nada y estarlo viendo todo.

Como el abrirse de una flor, así de lento y suave fue el ir floreciendo la sonrisa entre los labios del emperador, que rompió luego en risa, vuelto hacia el falso kan y los falsos notables jotanenses, que se encontraban cerca de su trono, como invitándolos a volver a reír ahora con él. Y fue en el instante en que la risa estaba ya estallando en carcajada, cuando se vio abrirse paso entre la muchedumbre al oficial de guardia que, acompañado de una escuadra, traía al ajusticiado y su cabeza a la presencia del emperador. Se les dejó llegar hasta su trono y la imperial mirada pasó dos o tres veces de la cabeza viva que asomaba por encima del cepo de madera a su gemela muerta, que el oficial le presentaba sosteniéndola en alto por la cabellera; y el emperador volvió a reír y, siempre por intermedio de un eunuco, mandó soltar al reo. Éste, no bien se vio libre del cepo, se abrió un pequeño círculo ante el trono y, rescatando de manos del oficial su cabeza simulada, improvisó, manejando aquella cabeza en mil posturas, con mil muecas, mil burlas, mil desplantes y mil reverencias, la danza o pantomima del bicéfalo, que llevó al punto más alto la hilaridad y el júbilo de la multitudinaria concurrencia. En esto empezó a oírse de pronto un chirriar de poleas y los enormes lienzos de la carpa corrieron por sus cuerdas, como un velamen que se arría, al tiempo que los telones que hacían de paredes y tabiques fueron cayendo al suelo uno tras otro; y arriba sólo se vieron ya palos y cuerdas contra el cielo estrellado y la lejana sombra blanca del Kuen Lun, mientras abajo, en medio, entre lienzos arriados o abatidos, los intensos faroles de la fiesta seguían alumbrando fuertemente a la apretada multitud de los jotanenses, ya mudos y demudados de estupor. Y por primera vez se oyó la voz del propio emperador, que dijo: «¡Arqueros!», y una rueda cerrada de arqueros apareció en la sombra todo en derredor, que dispararon sus arcos una y otra vez y vaciaron sus aljabas hasta que dejó de verse todo movimiento de vida entre los de Jotán. Ya levantándose y separándose del trono, miró el emperador por un momento la explanada cubierta de cadáveres, y dijo: «¡Qué lástima! Eran, sin duda, unos magníficos actores. Pero yo soy mejor».

Los demás jotanenses fueron muertos donde fueron hallados, en el campamento, en la ciudad, en el oasis, huyendo hacia el desierto, hacia el camino de Pamir, a lanza, a sable, a daga, sin que importase el cómo. Sólo al ajusticiado mandó el emperador que lo sacasen del asaetamiento, para que le fuese dada aquella misma muerte que había hecho simulación de recibir. Y por eso el escudo que el emperador les concedió a los gobernadores chinos de Jotán representa una vara vertical de cuya punta cuelgan dos cabezas de idénticas facciones, anudadas por la cabellera, y con un cuervo posado en una de ellas comiéndole los ojos a la otra.

EL HUÉSPED DE LAS NIEVES

I

Había una vez, por los Montes de Toledo, en una tierra muy espesa de manchas que se llama La Jara, una casa de campo en que vivía una familia que tenía dos burros. Una tarde en que el padre había salido con los burros a un pueblo cerca a por harina, se cubrió el cielo de un nublado todo igual y blanco y comenzó a nevar y más nevar, de una manera como pocas veces se ve en aquella tierra; así que, oscureciendo, había ya en el suelo una manta de nieve de cerca de una cuarta, y el padre no volvía. Ya de noche, llamaron a la puerta y era un vecino de los alrededores que venía a caballo y, de parte del padre, les traía recado de que aquella noche se quedaba a dormir en el pueblo, pues, siendo los borricos algo tropezones y cargados con sacos como habían de venir, no se atrevía con tanta nieve a emprender el camino de regreso y, por tanto, que no se preocupasen si no volvía aquella misma noche ni hasta tanto que viese los caminos un poco despejados.

A la mañana del siguiente día la nieve había subido hasta dos palmos; y que nunca había visto, en sus setenta años, otra nevada igual, dijo el abuelo al asomarse a la ventana.

Mirando hacia los cerros, se veía todo lo que antes eran oscuras manchas de jaral casi cubierto de blancura, pero no del todo, porque las jaras llegan a crecer más de dos cuartas y aun las hay que levantan hasta por cima de los hombres altos. Así que las más de ellas sobresalían de la nieve, aunque también sus hojas aparecían nevadas en gran parte.

La jara es una planta con los tallos muy negros; y en el verano, cuando el sol calienta, las hojas se le ponen pegajosas, lo mismo que con un pringue de miel, y se pueden pegar sobre la mano como el esparadrapo.

Duró la nieve otro día más, y el padre continuaba sin volver. A la mañana del segundo día, el mayor de los hijos entró todo alborotado diciendo que la ventana de la cuadra estaba abierta, la falleba rota, los pesebres revueltos, el heno derribado, y que por todas partes se veían señales de que alguien había estado allí, y que quién podría haber sido.

—Poco estropicio ha sido, según tú lo refieres —dijo el abuelo tan tranquilo—, y yo no quiero andar cruzando los corrales para verlo, que mis pies ya no están para el frío de las nieves. Cuando venga tu padre, que lo averigüe él, si lo desea.

—¡Una falleba nueva —gritó la madre desde la cocina—, que me costó seis duros el ponerla este otoño que acaba de pasar!

Se presentó, sin esperarlo, el padre a mediodía, diciendo que se había decidido por fin a regresar en vista de que iba para largo y porque había pensado que total iba a ser casi peor venir pisando por los barrizales que habrían de formarse en los caminos al derretirse de las nieves. Mientras decía estas cosas dentro de la casa, quitándose la manta de los hombros, salió el hijo mayor a atender a los burros, que llegaron cansados y friolentos, y a descargarlos de los sacos que traían sobre el lomo y que venían cubiertos con gualdrapas de telas embreadas, no siendo que la harina se mojase y se echase a perder. Trajeron un brazado de tarmas, o sea leña menuda, de los matorrales, y lo echaron encima de las brasas que quedaban de haber hecho poco antes la comida y le armaron al padre una gran lumbre porque había venido hundiéndose en la nieve casi hasta la rodilla y tenía los pantalones empapados. Se sentó en el escaño y se sacó las botas y los calcetines que estaban igualmente chorreando y avanzaba los pies hacia la llama a riesgo de quemarse, porque de tan helados como los traía no sentía en las plantas el calor. Le dieron algo de comer y, mientras él comía, los demás le contaron el extraño suceso de la cuadra. Así que, cuando se hubo repuesto y calentado, volvió a calzarse con calcetines secos y otras botas, y se fue con el hijo mayor hacia la cuadra, en donde ya los burros masticaban el pienso en los pesebres. Observó el padre la falleba rota y miró con cuidado a todas partes, concluyendo que no era ciertamente una persona la que en aquel lugar había penetrado.

—¿Y tú cómo has mirado, bobalán —añadió de repente—, que no has visto esta huella marcada en el estiércol? —Y le mostraba al hijo unas pisadas de pezuña doble de forma semejante a la pista de las cabras, pero mucho mayores—. ¿Conoces tú estas huellas?

—De borrico no son —dijo el muchacho.

—No. Ni de golondrina. Eso seguro —dijo el padre riendo—. A ver. ¿De qué serán?

—De buey creo que no son. Son más estrechas.

—Tampoco son de buey.

—De cabra no serán, que son muy grandes.

—Tampoco son de cabra.

—De un cochino serían más redondas.

—Tampoco de cochino, Nicolás.

—Las de oveja son mucho más chiquitas.

—Ni tampoco de oveja.

—Padre... ¿De qué serán? Ya no hay otro animal de dos pezuñas.

—¿Que no hay otro animal?

—No hay otro. ¡No lo hay!

El padre cogió entonces a su hijo por el hombro y le apretó, mirándole a la cara.

—Mírame, Nicolás. Aquella vez que subiste tú conmigo a lo alto de la sierra, ¿no saltó de repente delante de nosotros y escapó a la carrera un animal hermoso que tenía unos cuernos como ramas y que corría más que ningún caballo? ¿Ya no te acuerdas de él?

El chico puso unos ojos redondos como platos, y con enorme asombro exclamó:

—¡¡El ciervo, padre!! ¡Un ciervo ha estado aquí! ¿Cómo habrá entrado? ¿Por qué habrá venido?

II

Se habló en la casa del descubrimiento. El padre dijo que sin duda alguna, por haberse cubierto de nieve todo el campo y estar las hierbas enterradas, no hallando qué comer los animales de los montes, el ciervo aquel, acuciado por el hambre, habría acudido al heno de la cuadra. A lo cual el abuelo replicó que no era un caso totalmente nuevo, y que ya se había dado algún invierno con las cabras montesas de la sierra el bajar a pastar con los rebaños de los pueblos; pero que el ciervo tiene fama de animal de muy poco comer, para el que no son nada cuatro días de ayuno, y que aquél, de ser ciervo, sería algún golosón, que entre todos los seres de este mundo tiene que darse la golosería.

El muchacho no hacía más que mirar por la ventana hacia las lomas de jarales, y aún quería pasar con su mirada al otro lado de los montes y alcanzar las umbrías escondidas, los últimos rincones de los bosques, de donde imaginaba que el ciervo habría venido. Y, oscureciendo, vio las nubes retirarse del cielo y luego aparecer una gran luna que iluminaba toda la nevada. Cenó callado y pensativo, y tan sólo a las postres despegó los labios para sacar de nuevo el ciervo a relucir.

—Como sabe el camino, a lo mejor vuelve esta noche, padre.

La madre no entendía de quién hablaba.

—¿Qué dices tú? ¿Quién va a volver?

El padre sí entendió, y ya se reía.

—Pues quién va a ser, mujer. El ciervo, que no se le quita de la imaginación.

El abuelo opinó que bien podía volver a presentarse, no habiéndose la nieve derretido y con los pastos todavía cubiertos. Y le daba al muchacho con el codo.

—¿No sabes, Nicolás, cómo se cuentan los años de los ciervos?

—¿Cómo, abuelo?

—Esos cuernos que llevan como ramas peladas empiezan a nacerles alrededor del año. Igual que el par de dientes que le apuntan a tu hermano Eusebio, que ya debe andar cerca de cumplirlo también.

—¡Jesús, María, y qué comparaciones! —dijo la madre junto al fregadero.

—Bueno; pues ese primer año les sale solamente un par de puntas igual que dos estacas y por eso se llaman estaqueros; pero a la primavera se les caen y se quedan sin cuernos otra vez. Y todo el verano tardan en crecerles los nuevos, que primero vienen cubiertos con una pelusilla igual que el terciopelo de los melocotones, hasta que no les crecen más. Entonces se conoce que les pica ese pellejo de pelusa y restriegan los cuernos contra los troncos de los árboles hasta desnudárselos y dejar descubierto lo que es pura madera. Así que año tras año pierde el ciervo los cuernos, y cada vez que vuelven a nacerle sale una punta más, de modo que por el número de puntas, que se llaman candiles, sacas el número de años. Si este que dice tu padre que ha venido fuera un macho, pues las hembras no tienen nunca cuernos, ahora podrías contarle los candiles y llegar a saber la edad que tiene, porque este es el tiempo en que las astas de los ciervos se hallan en todo su esplendor.

El chico apartó los ojos de su abuelo y se volvió a su padre:

—¡Yo quiero verlo, padre! ¡No me quiero acostar!

Oyendo estas palabras, la madre comentaba sin volverse:

—Por si estaba ya poco embobado el muchacho con el ciervo, tuvo su abuelo que venir a terminar de calentarle del todo la cabeza.

—¡Si es que no es el mismo abuelo el que la tiene más caliente! —dijo el padre, volviéndose a reír—. No estamos tan seguros de que vuelva. Comoquiera que sea, Nicolás, si tanto gusto tienes que das la noche por bien empleada le haremos un acecho; que mañana, con estas nieves en el campo, no tendremos faena que nos haga madrugar. Verás tú. Preparamos una soga, la atamos al postigo y dejamos abierta la ventana...

—¡A cierveros nos vamos a meter, mira qué cosa! —interrumpió la madre protestando y riéndose a la vez.

Así pues, decidieron amarrar una soga a la esquina inferior de la ventana, dejando ésta abierta, y esconderse los dos, teniendo la otra punta de la soga de modo que pudiesen, de un tirón, cerrar de nuevo la ventana, en cuanto el ciervo, si tenía la ocurrencia de venir, saltase adentro de la cuadra. Cogieron un farol de aceite, de esos faroles que usan en el campo como cajas cuadradas de cristal, que tienen dentro la latita de aceite de donde sale la mecha que se enciende y arriba como un tejado de hojalata cuya cúspide remata en una anilla de hojalata también, que es por donde el farol se lleva de la mano. Lo abrió el padre por uno de los lados de cristal que funciona como una portezuela y le dio llama con una cerilla. Cogieron igualmente un par de mantas para arroparse el tiempo de espera y así salieron al corral, todo nevado y alumbrado por la luna, que era un patio cuadrado de mediano tamaño, limitado a un extremo por la casa y al otro por la cuadra y cerrado a ambos costados por dos cobertizos bajos de techumbre.

Cruzaron el corral y alcanzaron la puerta de la cuadra, donde los burros ya dormían. Abrieron la ventana y le ataron la soga, según habían pensado. Y el padre dijo entonces:

—Pudiera olfatearse de nosotros y entonces no entraría; vamos a acurrucarnos entre el heno, que huele fuertemente, escondiendo un olor en otro olor.

—Olerá los borricos —dijo el muchacho.

—A borricos olía también anoche, sin que ellos estuvieran —le replicó su padre—, que un año que faltaran no podría oler aquí más que a borrico desde el suelo a la punta del tejado, y ya ves cómo entró.

—¿En el heno nos vamos a meter? —dijo el muchacho—. Pues algún alacrán nos picará.

—¿Con estas nieves temes tú alacranes? —dijo el padre—. ¿Dónde estarán ahora los pobres alacranes? Debajo de siete piedras enterrados, y más dormidos que si estuvieran muertos, lo menos hasta que salga el sol de marzo y el terreno se vuelva a calentar.

Se arrellanaron, pues, como en un nido, en el montón del heno, a un lado en la pared de la ventana; el padre con las piernas muy abiertas y en el hueco de ellas Nicolás; echándose una manta por delante y la otra por la espalda, mientras las cuatro manos sujetaban la soga que iba hasta el postigo.

Y así se dispusieron, inmóviles y callados, a esperar desde lo oscuro, atentos solamente a la ventana y al cuadro de luz que a través de ella proyectaba la luna sobre el suelo.

La noche no era demasiado fría, porque una gran nevada deja siempre unos días más templados tras de sí, y no corría ni una brizna de aire. Y pasó tanto tiempo que las manos del hijo se fueron aflojando poco a poco hasta soltarse del todo de la soga, y ya su cuerpo entero se vencía por el sueño contra el pecho del padre, cuando éste con un súbito aunque leve movimiento lo volvió a despertar. La neta sombra de unos grandes cuernos enramados había aparecido en el alféizar, proyectada por la luna. Las manos se crisparon en la soga y, afuera, en el silencio de la nieve, se oyó, cercano, el fuerte resoplido de un olfateo receloso. Tres veces se repitió aquel resoplido hasta que al fin creció súbitamente la sombra en la ventana y a la sombra siguió el propio animal, que de un salto limpísimo salvó el alféizar sin tocarlo y vino a clavar sus cuatro pares de uñas en el suelo de la cuadra.

—¡Ahí lo tenemos, Nicolás! —gritó entonces el padre jubiloso, al tiempo que tiraban con fuerza de la soga.

Y rechinó el postigo en sus bisagras oxidadas, girando velozmente hasta golpear el marco con estruendo, casi al instante mismo en que aquel agilísimo animal, que había tenido tiempo de girar en redondo sobre sí, redoblaba, con la embestida de sus astas, el golpe en la madera. Tras lo cual se detuvo unos momentos, como dándose cuenta de haber sido ganado por la mano, mientras con vigorosos resoplidos parecía querer hacerse cargo de en qué clase de trampa había caído y en medio de qué seres se encontraba. Pausa que el padre aprovechó para decirle a Nicolás:

—Tú mira a ver si enciendes el farol, que yo veré de llegar a la ventana para afianzarla de algún modo y liberar la soga que me hace falta ahora, a ver si le echo el lazo por los cuernos.

Mas no bien hubo dicho estas palabras, cuando he aquí que empieza el ciervo a dar respingos y a trotar ciegamente de una parte a otra, derrotando cornadas en lo oscuro, golpeando las maderas, en el ansia de dar con la salida, y acorralando a los borricos, que, en sobresalto despertados, huían zarandeados por todos los rincones, sin despegarse un punto uno del otro y aun buscando el arrimo de sus amos, de quienes esperaban sin duda protección. No obstante, Nicolás ya conseguía dar luz a su farol, y el padre, liberada al fin la cuerda —«¡eh, ciervo!, ¡toma, ciervo!»—, perseguía al animal inútilmente, sin que éste se dejase convencer; cuando en esto, y habiéndose llegado Nicolás más hacia el centro de la cuadra con el farol en alto por mejor alumbrarle a su padre la faena, resultó que el animal, en una de sus locas pasadas, le arrancó de los dedos el farol y se lo llevó ensartado por la anilla en una de las puntas más altas de sus cuernos. Y al verse portador de aquella luz, que se agitaba sobre su cabeza, y sentirse sonar entre las astas el golpear de latas del farol que giraba como una bandolera, a tal punto llegaron su espanto y su violencia que el padre y Nicolás tuvieron miedo.

—¡Vamos a abrirle hacia el corral —dijo entonces el padre—, y darle desahogo, no siendo que nos lleve por delante!

Dicho lo cual se deslizó pegado a las paredes hasta alcanzar la puerta. No esperó el ciervo a que llegase a abrirla totalmente, sino que apenas vista una rendija de nieve iluminada, precipitose a ella, saliendo hacia el corral, tan apretado entre las dos maderas, que el farol, todavía luciendo en lo alto de sus cuernos, se fue a estrellar contra la jamba y cayó al suelo en mil pedazos. Padre e hijo salieron detrás del animal, que tras breve carrera se había detenido en medio del corral iluminado por la luna; y Nicolás ahora se acordaba de las palabras de su abuelo y empezaba a contarle al ciervo los candiles. Pero no había llegado a contar seis, cuando ya éste arrancaba nuevamente a la carrera y, llegando hasta uno de los cobertizos laterales, se ponía de un salto en el tejado y, derribando nieve y quebrantando tejas, llegaba hasta la cima y desaparecía a la otra parte.

No repuestos aún de la sorpresa y el asombro ante aquel salto y fuga inesperados, vieron de pronto el padre y Nicolás que los borricos salían de estampía de la cuadra y que ya ésta aparecía iluminada por resplandor de fuego, porque la llama del farol, idos en mil añicos los cristalitos de su caja, había prendido en los mechones de heno esparcidos por el piso. Acudió el padre adentro, y desplegando prontamente una de las mantas, la abatió sobre aquellas llamaradas y logró sofocar el incipiente incendio, a tiempo apenas de que no llegase a prender en el gran montón de heno y ardiese la cuadra entera sin remedio.

Y entonces, como tomando al fin respiro y recobrándose de todo el sobresalto que había turbado aquella noche su pacífica existencia, prorrumpieron los burros en un rebuzno largo y uniforme.

III

El rebuzno a deshora de los burros despertó de su sueño a todos los durmientes de la casa. Fue el abuelo el primero en asomarse a una ventana, y Nicolás, nada más verle campear las canas a la luna, le gritó con desconsuelo:

—¡Abuelo, le conté cinco puntas, pero tenía muchas más, y se ha escapado!

A otra ventana se asomó la madre y a una tercera aparecieron a la vez las cabezas gemelas de las dos hermanas; de modo que de toda la familia sólo el pequeño Eusebio permaneció como si tal cosa.

—¡Pues a ver las mis mantas! —se le oyó a la madre, que en ningún momento había mostrado demasiado entusiasmo por aquella nocturna expedición—. ¡A ver en qué estado me las devolvéis!

Y no se equivocaba en sus temores, aun ignorante todavía de lo ocurrido, sospechando que sus amadas mantas no podrían escapar sin deterioro de tan disparatadas aventuras; pues, en efecto, cuando el padre y el hijo, tras haber encerrado nuevamente a los borricos en la cuadra, devolviéndolos por fin a su reposo y al sueño interrumpido, entraron en la casa y entregaron las mantas a la madre —que había bajado ya con un candil a recibirlos—, se descubrió enseguida que la más nueva de las dos estaba por una parte toda tostada y chamuscada por las llamas contra cuya amenaza había servido.

Pero mayores fueron los motivos de enfado por parte de la madre cuando, por el relato de los episodios, vino a enterarse de que los daños de la noche no paraban en el turrado de las mantas, sino que aún se prolongaban en el quebranto de las tejas y la rotura del farol. Con lo cual cabizbajos y mohínos iban el padre y Nicolás cuando todos al fin se retiraron a la cama.

IV

A la mañana siguiente reconocieron ambos el estropicio de las tejas del tinado, que al cabo no pasó de la docena, y buscaron en la cuadra los restos del farol: se halló, por una parte, la latita del aceite causante del incendio, por otra, el armazón todo abollado y sin un solo cristal; la anilla no apareció por parte alguna.

Repusieron las tejas del tinado, pero el farol no llegaron a arreglarlo porque a la vista de sus restos el hojalatero lo halló tan malparado que dijo que más cuenta les traía comprarle a él uno nuevo, que los tenía ya hechos muy hermosos; pero cuando contaban su aventura a los amigos de los alrededores nadie quería creerlo por mucho que porfiaran, y todos se reían, comentando en las tabernas que cuándo se había visto entrar un ciervo en una cuadra a comer de los pesebres como si fuera un borriquillo. Y esto fue lo que más desazonado trajo por algún tiempo a Nicolás.

Se terminó el invierno, pasó la primavera y ya todos tenían olvidada aquella historia, cuando, una tarde, a mediados del verano, de regreso del monte se presentó un pastor en la taberna adonde el padre de Nicolás solía ir a jugar a la baraja, y enseñó a todos un hermoso par de astas de ciervo que, siendo el tiempo de la muda, había encontrado tiradas por unas madroñeras de lo alto de la sierra. Y mostró con el dedo a los presentes cómo ensartada en una de ellas se veía, oxidada y retorcida, una anilla de lata que bien pudiera ser la de un farol.

—¡Y que me ahorquen a mí si no lo es! —dijo el padre de Nicolás, reconociéndola.

Y, pidiéndole al tabernero su caballo, salió a toda carrera hacia su casa y al cabo de una hora volvía con Nicolás a la grupa, el cual traía en su mano los despojos del farol. Y comprobada la correspondencia de éstos con la anilla, no solamente se vio corroborada ante todos los incrédulos la aventura del ciervo, sino que el chico pudo al fin contarle las puntas a su gusto y conocer los años que tenía, que resultaron ser catorce, o sea los mismos que a la sazón contaba el propio Nicolás.

EL REINCIDENTE

El lobo, viejo, desdentado, cano, despeluchado, desmedrado, enfermo, cansado un día de vivir y de hambrear, sintió llegada para él la hora de reclinar finalmente la cabeza en el regazo del Creador. Noche y día caminó por cada vez más extraviados andurriales, cada vez más arriscadas serranías, más empinadas y vertiginosas cuestas, hasta donde el pavoroso rugir del huracán en las talladas cresterías de hielo se trocaba de pronto, como voz sofocada entre algodones, al entrar en la espesa cúpula de niebla, en el blanco silencio de la Cumbre Eterna. Allí, no bien alzó los ojos —nublada la visión, ya por su propia vejez, ya por el recién sufrido rigor de la ventisca, ya en fin por lágrimas mezcladas de autoconmiseración y gratitud— y entrevió las doradas puertas de la Bienaventuranza, oyó la cristalina y penetrante voz del oficial de guardia, que así lo interpelaba:

«¿Cómo te atreves siquiera a aproximarte a estas puertas sacrosantas, con las fauces aún ensangrentadas por tus últimas cruentas refecciones, asesino?».

Anonadado ante tal recibimiento y abrumado de insoportable pesadumbre, volvió el lobo la grupa y, desandando el camino que con tan largo esfuerzo había traído, se reintegró a la tierra y a sus querencias y frecuentaderos, salvo que en adelante se guardó muy bien, no ya de degollar ovejas ni corderos, que eso la pérdida de los colmillos hacía ya tiempo se lo tenía impedido, sino incluso de repasar carroñas o mondar osamentas que otros más jóvenes y con mejores fauces hubiesen dado por suficientemente aprovechadas. Ahora, resuelto a abstenerse de tocar cosa alguna que de lejos tuviese algo que ver con carnes, hubo de hacerse merodeador de aldeas y caseríos, descuidero de hatos y meriendas. Las muelas, que, aunque remeciéndosele ya las más en los alveolos, con todo conservaba, le permitían roer el pan; pan de panes recientes cuando la suerte daba en sonreír, pan duro de mendrugos casi siempre. Viviendo y hambreando bajo esta nueva ley permaneció, pues, en la tierra y en la vasta espesura de su monte natal por otro turno entero de inviernos y veranos, hasta que, doblemente extenuado y deseoso de descanso tras esta a modo de segunda vuelta de una antes ya larga existencia, de nuevo le pareció llegado el día de merecer reclinar finalmente la cabeza en el regazo del Creador. Si la ascensión hasta la Cumbre Eterna había sido ya acerba la primera vez, cuánto más no se le habría vuelto ahora, de no ser por el hecho de que la disminución de vigor físico causada por aquel recargo de vejez sobreañadido sería sin duda compensada en mayor o menor parte por el correspondiente aumento del ansia de descanso y bienaventuranza. El caso es que de nuevo llegó a alcanzar la Cumbre Eterna, aunque tan insegura se le había vuelto la mirada que casi no había llegado siquiera a vislumbrar las puertas de la Bienaventuranza cuando sonó la esperada voz del querubín de guardia:

«¿Así es que aquí estás tú otra vez, tratando de ofender, con tu sola presencia ante estas puertas, la dignidad de quienes por sus merecimientos se han hecho acreedores a franquearlas y gozar de la Eterna Bienaventuranza, pretendiéndote igualmente merecedor de postularla? ¿A tanto vuelves a atreverte tú? ¡Tú, ladrón de tahonas, merodeador de despensas, salteador de alacenas! ¡Vete! ¡Escúrrete ya de aquí, tal como siempre, por lo demás, has demostrado que sabes escurrirte, sin que te arredren cepos ni barreras ni perros ni escopetas!».

¡Quién podrá encarecer la desolación, la amargura, el abandono, la miseria, el hambre, la flaqueza, la enfermedad, la roña, que por otros más largos y más desventurados años se siguieron! Aun así, apenas osaba ya despuntar con las encías sin dientes el rizado festón de las lechugas, o limpiar con la punta de la lengua la almibarada gota que pendía del culo de los higos en la rama, o relamer, en fin, una por una, las manchas circulares dejadas por los quesos en las tablas de los anaqueles del almacén vacío. Pisaba sin pisar, como pisa una sombra, pues tan liviano lo había vuelto la flaqueza, que ya nada podía morir bajo su planta por la sola presión de la pisada. Y al cabo volvió a cumplirse un nuevo y prolongado turno de años y, como era tal vez inevitable, amaneció por tercera vez el día en que el lobo consideró llegada para él la hora de reclinar finalmente la cabeza en el regazo del Creador.

Partió invisible e ingrávido como una sombra, y era, en efecto, de color de sombra, salvo en las pocas partes en las que la roña no le había hecho caer el pelo; donde lo conservaba, le relucía enteramente cano, como si todo el resto de su cuerpo se hubiese ido convirtiendo en roña, en sombra, en nada, para dejar campear más vivamente, en aquel pelo cano, tan sólo la llamada de las nieves, el inextinto anhelo de la Cumbre Eterna. Pero, si ya en los dos primeros viajes tal ascensión había sido excesiva para un lobo anciano, bien se echará de ver cuán denodado no sería el empeño que por tercera vez lo puso en el camino, teniendo en cuenta cómo, sobre aquella primera y, por así decirlo, natural vejez del primer viaje, había echado encima una segunda y aun una tercera ancianidad, y cuán sobrehumano no sería el esfuerzo con que esta vez también logró llegar. Pisando mansa, dulce, humildemente, ya sólo a tientas reconoció las puertas de la Bienaventuranza; apoyó el esternón en el umbral, dobló y bajó las ancas, adelantó las manos, dejándolas iguales y paralelas ante el pecho, y reposó finalmente sobre ellas la cabeza. Al punto, tal como sospechaba, oyó la metálica voz del querubín de guardia y las palabras exactas que había temido oír:

«Bien, tú has querido, con tu propia obstinación, que hayamos acabado por llegar a una situación que bien podría y debería haberse evitado y que es para ambos igualmente indeseable. Bien lo sabías o lo adivinabas la primera vez; mejor lo supiste y hasta corroboraste la segunda; ¡y a despecho de todo te has empeñado en volver una tercera! ¡Sea, pues! ¡Tú lo has querido! Ahora te irás como las otras veces, pero esta vez no volverás jamás. Ya no es por asesino. Tampoco es por ladrón. Ahora es por lobo».

PLATA Y ÓNIX

Es entre Asturias y Galicia, creo, donde —según mi amigo, cazador, contaba— hay unos ríos bendecidos de pesca por el cielo. Queríamos contrastar nuestra pasión con su hermana, la de los pescadores, a los que cordialmente comprendíamos, aun sin idea de sostener la caña. Mi amigo y compañero me decía que hay tabernas de aldea en aquellos ríos donde los largos meses de la veda no sorprenden al hombre en otro oficio sino el de la tertulia, el vino y el cigarro, y alguna vez el naipe, y en cien tardes y noches los divinos pescados de los ríos, en fantasmas plasmados por arte del relato, brillando y coleando por el angosto cielo de la sala, no lo bastante alto para que de continuo no lo azoten y rayen las puntas de las cañas invisibles. ¿Tanto les da la pesca de los ríos —le preguntaba yo—, que puedan luego pasarse medio año sin buscarse un de dónde para lo necesario de la vida? Son hombres más que austeros, por lo visto, para quienes no hay bienes en la vida fungibles por su ocio y libertad de pescadores, y que pasan el hiato de la veda sobre el estrecho puente de rentillas de sus minifundios y de algunas quincenas, cuando aprieta, de peones eventuales, que lleguen a salirles por ahí. Son, como buenos gallegos, charlatanes hasta perjudicarse la salud.

Mi amigo pasó una tarde y una noche en un local de aquéllos, sin que dejase de cuajarse en torno suyo, como forastero, la más ardiente y enconada conversación de pesca. La voz cantante la llevaba un flaco y más bien alto contertulio, quizá como de unos cuarenta y cinco años, que nunca se reía —si bien corría la risa muy a menudo por sus compañeros—, por ser tal vez el que con más sosiego y pormenores y más extensamente relataba, y asimismo el más lleno del gremio en experiencia. Y así pasaron revista minuciosa a la admirable fauna de los ríos, pescado por pescado, en la trucha llegando a demorarse por dos horas y media, hasta que al fin el relator vació su cuenca y se quedó callado, y aun pareció que ya quería marcharse, o por lo menos miraba a sus colegas con expresión inquieta, impaciente tal vez de que terciasen y le hiciesen el relevo. El forastero —o sea, mi propio amigo— hizo a la rueda honores de tabaco, y luego, amable, ingenuo, se volvió al experimentado narrador:

—Usted me está haciendo pasar una velada inolvidable. Y diga, por favor —ya que aún nos queda el as de la baraja—, del salmón ¿qué es lo que me cuenta?

Mas, en oyendo el grave pescador tal nombre, cerró su rostro en gesto envenenado, como cuando en el aire se confirma la imagen que tememos, y con un brusco ladear la silla respecto de la mesa, casi en el ademán de levantarse, replicó alborotado, desasosegado, crispada en temblor nervioso la calma de sus manos:

—No me hable del salmón, se lo suplico. No me lo saque a relucir siquiera, si es que me quiere ver tranquilo. Tengamos la fiesta en paz. Perdóneme, pero le ruego que no me lo miente.

Mi amigo se quedó un poco corrido de su por lo demás imprevisible paso en falso, y se dolió de haber sacado de su disposición al narrador y conturbado su memoria, no menos que de ver desterrado del discurso al personaje máximo de la epopeya, deslumbrador Aquiles de los ríos, bruñido soberano de salobres mareas y linfas manantiales, plata viva en dos aguas pavonada. Mas, retirada la cuestión, la fábula no volvió a coger la llama con que antes había resplandecido. Los otros, más guasones que filósofos, preferían peripecias de chasco y resbalón y memorables chapuzones y días de fortuna valorados en kilos de romana.

Largo tiempo pasó, tras el relato de mi amigo, sin que volviese a oír de aquellas cosas, hasta que un día, en una gris pensión de Pontevedra, me topé con un viejo que dijo conocer aquellos ríos y aquellas pesquerías. Le hablé del que no quería que le mentasen el salmón; me dijo «no me extraña» y que no pocos pescadores había conocido para los que el salmón llegara a ser el cáncer de sus vidas y sus temperamentos. Empezó a contar de ellos y, de una cosa en otra, por fin vino a la historia que se sigue.

A uno de estos hombres, no ya pobre, sino con cierta holgura de fortuna, tan fuerte le había cogido la pasión, que acabó arrebatándolo de todos y de todo; así de sus deberes, que dejó caer sus cosas en máximo abandono, y fatalmente se le habrían hundido si la mujer y un chico ya de veinte años que tenía no se hacen cargo de ellas; de sus deberes públicos, pues era concejal, y lo quitaron al ver que no asistía; ¿cree usted que le importase?: igual le dio; de su salud, que le crecía el reuma sobre el cuerpo y seguía pasándose los días metido hasta las ingles en el correr del río; y, sobre todo, de todos los afectos, que comenzó a volverse malo y despegado con los suyos, con un trato brutal a su mujer y la mano más suelta para sus cuatro hijos. Si en la pesca le iba sin fortuna —que esto en el salmón es lo normal—, los amargaba y torturaba una semana entera. Con los amigos era desconsiderado; sin sombra, ya no digo de cariño, sino ni de respeto, y a menudo disgustos y peleas, porque no todo el mundo estaba dispuesto a soportarlo, si no es los pescadores, con los que solamente porfías y competencias y jactancias regían la relación. Y se iba haciendo odioso para todos, porque en cuanto a las veces que cogía un salmón, volvía tan ufano, triunfal, infatuado, desafiante, tan ostentoso y tan convidador, que muchos lo preferían en el fracaso.

Y un día picó el anzuelo un pez enorme, el salmón más hermoso que había visto, y al que le llegó a ver hasta la boca, de tan cerca de sí como alcanzó a traerlo, y en la última maniobra se le fue. Su disgusto de entonces, las amarguras y los remordimientos (que ojalá los pecados remordiesen siquiera la mitad de lo que los fracasos de la pesca) sobrepasaron todo precedente. Ya por lo pronto cayó malo en cama, sin que por eso dejase desde allí de hostigar y de mortificar a la familia, que hasta se quiso ir su hijo mayor, y habría venido en ello no siendo por los llantos y ruegos de su madre, que, reteniéndolo ya a maleta hecha, le decía no tener en esta vida más apoyo que él; ¡ponerle a un hijo de veinte años las manos en la cara y perseguirlo por la casa con el bichero del salmón para clavárselo en el lomo, que si el chico no es listo, en vez de un desgarrón en la paleta le perfora la pleura o los riñones! Vino el médico a verlo; vino el cura, del que habían sido amigos, a ruegos de la esposa, no porque hubiese gravedad alguna, sino por ver si se lo desempecataba. El médico, que el reuma no consentía que volviese a pescar ni una vez más, que se estaba matando poco a poco, y que de lo nervioso también sólo quitándose en principio de pescar se curaría. El cura, que cómo podía ser aquello, que ni en vicios de juego o de lujuria había visto él casos tan desenfrenados; que las malas pasiones no había que juzgarlas por su objeto —que era bien inocente el de la pesca—, sino por cómo se apoderan del humano y lo sojuzgan y devoran por dentro, cada vez más empedernidas, hasta llevarlo al egoísmo y a la perversidad; que esta pasión por su carácter y por sus proporciones era más mala y más pecaminosa que cualquier perversión del sexto mandamiento, donde nunca había visto extremos tales, ni tan grande estrago. Le instó a que retornase a frecuentar la iglesia desde el primer domingo. Que como un favor de amigo le pedía que le diese la alegría de verlo por la iglesia, y, que si no por el Señor, que fuese al menos por dar gusto a un amigo. Que en cuanto no le costase mucho esfuerzo, lo antes que pudiese, les pidiese perdón a su esposa y a su hijo, ya que dándoles tal satisfacción, aunque pequeña, los consolaría y daría pie a mejorar otra vez las relaciones internas de la casa. Que le recomendaba lo que el médico: dejar, por Dios, la pesca, que le iba a llevar no sólo al hoyo, sino al infierno, que era lo peor.

—¡Eustaquio, qué me hablas del infierno! ¡El alma al diablo daba yo ahora mismo por tener ahí colgado a ese animal! ¡El alma entera le daría si él me diese el haberlo conseguido! ¡El alma al diablo por haberlo enganchado en el bichero!

—¡Y en cambio a poco ensartas a tu hijo, pedazo de canalla, por trueque del salmón! ¡Ya sé que un hijo no te escocería por cualquier pieza de pescado! ¡Y al diablo no sé qué alma le ibas a dar ya, si la que tienes ya está más que entregada! ¡Y yo tengo otras cosas en casa que atender!

Así, lleno de ira, se fue el cura, pero sin que el paciente, ya bien acostumbrado a estos desplantes, se inmutase por este postrimero, atormentado como estaba por otra desazón más dolorosa. Se retorció sobre la almohada, la mordió, y roncamente sollozaba: «¡El alma al diablo! ¡El alma al diablo! ¡El alma al diablo! ¡El alma al diablo!».

Dirá usted con razón que cómo pude yo tener noticia de tanta intimidad; pues bien, si se les ha escapado a mis palabras, confesaré que el protagonista de la historia no es otro sino yo. Sí, señor, tengo sesenta y siete años ya, y esto que voy contando fue a los cincuenta y tres, si bien calculo; hace ya, pues, hasta catorce años. Fue bastante más tiempo del que yo esperaba el que tardé en poder incorporarme. Y cuando pude hacerlo, ya no tenía yo más prisa alguna, porque la veda de la pesca se había cerrado ya. Aunque con el disgusto aquel tan grande no sé si a fin de cuentas me habría desanimado, teniendo además presentes las amonestaciones del doctor. Ni le pedí perdón a mi familia ni asomé por la iglesia los domingos; pero yo mismo quise dar un poco de remedio a mi vida familiar, comprendiendo que ya era demasiado, y les dije que me iba a Pontevedra, a casa de mi hermana (o sea esta misma donde nos encontramos, aunque no crea que estoy aquí desde aquel día; he vuelto y he venido muchas veces); y por todo perdón, lo único que mi soberbia me dejó fue insinuar que quería que descansaran de mi presencia un poco, como dando a entender que yo también venía a reconocerla un poco brusca. Me vine; volví a enfermar aquí a los cuatro meses; de mi mujer en todo el tiempo dos solas breves cartas de estricta información y con resumen de las cuentas. Más tarde me enteré que se estaban tan felices y que vivían aterrados con la sola obsesión de mi retorno. Mi mujer intrigaba con el médico y el cura (por éste lo supe luego) para ver la manera de retenerme aquí, porque iba a salir la pesca, y estando aquí me mantendría apartado, que tanto le hacía falta a mi salud, aunque más falta le hacía a ella que no fuese, y ese era su motivo. El cura se lo espetó así en las narices delante del doctor, porque era hombre cabal, y que no fuese hipócrita pintando lo uno con lo otro; no le pedía cariño para mí, sino sencillamente ser sincera. No se quiso prestar a la maniobra, porque conmigo ya tenía bastante y no quería volver a tratar más, y si se me antojaba el regresar al aliciente de la pesca no habría fuerza humana capaz de detenerme. ¿Sabe entonces a ella qué estratagema se le fue a ocurrir, y de común acuerdo con su hijo? Lo que es la cavilación de las mujeres y el abismo entre sus inteligencias de mediar a no mediar un interés particular de ellas. Pues nada menos que hacer obra en la casa, so pretexto que había grandes goteras, porque en mi ausencia había llovido a mares, y aprovechar de paso para cambiar toda la despensa y partir una habitación en el piso bajo y hacer la disposición que yo tenía pensada en el de arriba, desde hacía ya tiempo, ya que metían los albañiles. Y la obra, mire qué casualidad, se empieza tres días antes del de salir la pesca. Este proyecto mío era antiquísimo, de cuando todavía yo me ocupaba algo de la casa y, dicho por decir, sin pensar realizarlo, y se agarraba a él; como ellos llevaban ya todas las cosas se permitían estas decisiones; la carta en la que se me pedía permiso para dicha obra era tan sólo formalmente eso; en realidad se me notificaba una decisión y se me decía que no volviese, porque en mi cuarto habría obra también. Así se me detuvo. Yo, entendiéndolo todo, no me importó demás y me quedé. Yo mismo tenía miedo de la pesca por la amenaza del reuma y me valió el pretexto de la obra para apoyar mi miedo. En fin, se pasó aquel año (año llamaba yo a la temporada, entonces, y cuando se cerraba me decía: «Ahora a ver cuándo viene el otro año», y el tiempo de la veda no contaba), bien calculado el tiempo de la obra, para que se acabase más o menos cuando ya mi incentivo no estuviese abierto, o se encontrase a punto de cerrar, de modo que no apremiase mi retorno.

Cuando volví, las relaciones fueron más pacíficas, pero ellos, como yo no había dicho nada de la obra ni de sus decisiones, debían ya de creerme medio tonto, porque no discutía sus cuestiones. Y era pura soberbia en realidad. Yo soñaba el salmón constantemente, pero ahora le tenía miedo al mismo tiempo. Deseos de volver, a veces ansias, y a cada día y a la par más miedo; no ya por la salud ni por liarla otra vez con la familia, sino miedo al salmón, al salmón mismo, a sus dificultades y al fracaso y disgusto espantoso del fracaso. Porque el mismo deseo hace cobardes, que lo que poco importa se intenta sin temores, pues tampoco el fracaso nos importa. Ahora llevaba tiempo sin pescar, me había acostumbrado a esta mediocre vida y ya apreciaba su comodidad, su falta de ansiedad y de zozobra. Soñaba con el río, con el lomo bruñido del salmón, pero sentía terror ante el intento.

—Mis aparejos —dije un día—, ¿adónde se han metido? La veda se acababa; me miran con espanto.

—Con los jaleos de las obras... —dicen, ya me tenían por tonto de remate.

—Pues que aparezcan inmediatamente.

Y aparecieron inmediatamente. Estaban escondidos donde ellos bien sabían. Como que se les iban de la vista esos trebejos para traspapelarse en una obra; y tenían para ellos, negras cosas, hasta voz, al igual que las personas, por su significado. Los devolví a mi armario personal. La veda se esperaba con terrores por la parte de ellos y la mía. Y era un «ser o no ser» yo cada noche. Soñaba con el río, pero ya me asustaba del salmón. Y el asombro fue grande cuando entraron los días del permiso y no salí a pescar. Tenía muchos libros de salmones; me sumí en la lectura y el ensueño y vi que era yo un Don Quijote al viceversa: en mí, los libros de pescaderías sucedían a mi vida y desventuras de pescador andante. Mi hijo se casó; menos; Isabelita le sustituía en el entente con la dulce madre, aunque era una alianza menos fuerte, como suele pasar entre mujeres. Los libros me llenaban el vacío; poco alternaba entonces por el pueblo.

Ya pasadas lo menos cinco vedas, hablan un día en la calle de un salmón; un bicho enorme, dicen; ¿pues a ver quién ha sido el pescador? Luisiño Ruiz, me dicen, un viejo compañero; el pez se va esta tarde hacia Madrid. Busco a Luisiño en los locales.

—Has cogido un buen mozo, he oído decir.

—Muy bueno, don Rafael; veintidós kilos setecientos gramos.

—Luisiño, ¿te importaría que yo lo viese?

—¡Faltaría más! —contesta—. Venga a casa.

Y está sobre una mesa; le veo ya el bulto bajo un paño blanco. Quitó Luisiño el paño.

—¡Qué guapísimo es! Te costaría.

Luisiño comenzó a contar la historia y yo le miré la boca al animal, el belfo no tenía más herida que la reciente de Luisiño, ni había cicatrices de otro tiempo. No podía en modo alguno ser aquél; aquel era más grande; pasaría de diez kilos sobre éste. Este es bien gordo lo que está; largo no es. Aquel no era animal para Luisiño; aquel era un centurión, un par de Francia, coraza de plata virgen, engastada de ónixes nigérrimas. Me dijo si quería un vaso de vino; le di las gracias, pero no acepté.

—A las seis se lo llevan a Madrid.

—No debían de llevárselos a las pescaderías, a estar allí entremedias del pescado y hundir a las mismísimas lubinas en pobre hoja de lata. Éstos no se han criado para eso; deberían ser llevados a la iglesia, de ofrendas a la Virgen, dejados a sus pies. Bien, Luisiño, ¡que sea de enhorabuena!

Surgió la conversación en el café; yo estaba muy caliente.

—¿Todavía vendería su alma al diablo por sacar un salmón como este de hoy? —me dijo el médico al verme tan inquieto.

—¿Por este de hoy? Por aquel de aquel día, desde luego que se la vendería.

—¿Qué dice usted que haría, don Rafael? —me preguntó, bien lo recuerdo, el dueño, desde el asiento de la registradora.

—Digo que vendería mi alma al diablo por el salmón que se me fue aquel día.

—¿Vendería su alma al diablo? ¿Aún no se le ha olvidado aquel ladrón?

—No se me va de la imaginación. No he dejado de verlo un solo instante. Más que la cara de mi propia madre, que Dios tenga consigo.

—¿Y así que vendería usted su alma al diablo?

—¡Sí, mi alma al diablo, sí, por esta cruz!

Fumamos un cigarro; como ya no se hablaba de salmones, me acordé de unos libros y me fui. A la puerta me para un forastero, un hombre muy zarrapastroso, muy educadamente:

—¿Sería tan bondadoso de darme un cigarrillo? —me pregunta.

Le dije que cómo no; le di el cigarro; ya me iba yo cuando volvió a decirme:

—Oiga, le gustan mucho los salmones, ¿no es cierto?; perdone, le he oído hablar desde la barra hace un momento, ahí dentro, en el café. Es usted un verdadero apasionado. Perdone, es que me ha llamado la atención; no deseo entretenerle. Y muchas gracias por el cigarrillo.

—No hay de qué —contesté—. Usted siga bien.

Hice ademán de andar.

—Ah, pero ¿va usted para allá? —me dijo—. Yo también voy en esa dirección.

Se me puso al costado y anduvimos; estaba como esperando a que yo hablara.

—Qué, ¿es que es usted viajante?

—Representante, diríamos más exacto.

—Ah, ya.

—Dirá usted que de qué. Porque representante a secas...

—Sí, ¿de qué? ¿Qué representa?

—Ahí está lo difícil de explicar: ¿qué represento? Pues represento de todo y no represento nada. No crea que es por jugar a las adivinanzas; ya verá que es la pura realidad.

Había acortado el paso y llevaba las manos en los bolsillos de la americana. Diciendo «todo» y «nada» enfatizó con la chaqueta levantando los faldones, como los de pinocho, al despegar del cuerpo las palmas extendidas dentro de los bolsillos y contoneó los hombros hacia un lado con cada palabra. Había asomado en él en esa frase otra persona totalmente distinta; quizás un estudiante noctámbulo y discutidor.

—Pues se verá usted negro con esas mercancías.

—Pesan poco. Resulta esa ventaja. Y por eso decía lo del salmón, que le parecería a usted indiscreto.

—No, en modo alguno; no ofendía usted a nadie.

—Es que le iba a decir algo que a lo mejor podría interesarle. Pero abordarle con un negocio a quemarropa me pareció incorrecto. Le iba a decir que a propósito del salmón precisamente tengo...

—¿Aparejos de pesca? No; me he retirado ya; no pesco más. ¿Hay muchas cosas nuevas? ¿Qué ha salido de novedad en carretes?

—Perdone, no. No son efectos lo que represento. Que por cierto debían llamarse «causas», ¿no cree usted?; efecto de la pesca es el salmón, pero los aparejos son las causas. Causas podrían también llamarse, justamente, las que represento. Causas para eso y para muchas otras cosas.

—¿Qué, pues?; dígame pronto de una vez. ¿Qué representa?

—Si me apresura, no sabré decirlo. Usted es un entusiasta del salmón, ¿no es eso? Pues le interesa lo que represento.

—Pero si no son efectos o aparejos, ¿qué otro artículo hay para el salmón, o a qué salmones se refiere?

—Usted conoce la desolación irreparable del salmón que se escapa del anzuelo, ¿no es cierto? Pues bien, tengo un aparejo para eso; para pescar ese salmón huido.

—He dicho que no volvía a pisar el río, pero si me ofreciese ese trebejo milagroso que logra recoger una segunda picada del salmón recién desenhebrado, mañana mismo volvería a la brega.

—No es algo exactamente idéntico de lo que dice usted, pero algo de eso viene a ser. Por el estilo de lo que usted dice. No se trata precisamente de que muerda el anzuelo por segunda vez, aunque resulta equivalente a ello. Se trata de que un salmón desenhebrado no sea una situación para siempre irreparable.

—¿Y cómo es posible cosa semejante, sin un nuevo picar por parte del salmón?

—Ah, en este punto no puedo decir más. Si está usted verdaderamente interesado por la cosa, entonces podemos citarnos formalmente para tal negocio y tendré mucho gusto en enseñársela. Únicamente, por si ello le hace desistir, he de advertirle que su precio es extraordinariamente caro. Si aun así está realmente interesado, por mi parte adelante con la cosa.

—¡Y cómo no iba a estar yo interesado por semejante asunto! Citémonos formalmente, si usted quiere, pero que sea ya mismo; no puedo dejar que transcurra una hora más. En cuanto al precio, si el aparato es verdaderamente lo que dice usted, aunque no logro concebir cómo es posible que así sea, sin segunda picada por parte del salmón, no hay bienes que yo no esté dispuesto a dar por él, tierras que yo no venda, ni alhajas que yo no empeñe, ni préstamos que yo no pida, ni mujer y cuatro hijos que no deje en pelotas, en el puro arroyo. Por semejante cosa, si es certeza, hasta el alma estaría dispuesto a dar.

—Ah, pues de ésa se trata justamente.

—¿Cómo? ¿De qué? ¿Del alma?

—Exactamente, del alma, sí señor. Y aclarará las cosas el que me presente. Permítame...

Se detuvo en la acera; me paré frente a él.

—Le extrañará quién soy: yo soy un diablo. De lo cual ya echará de comprender cómo es posible aquello sin segunda picada. Todo se acaba al fin por explicar; no hay nada que se produzca por milagro; las cosas no se producen por milagro. Mi condición de diablo ya le hace adivinar de qué se trata. Ese es todo el misterio.

—¡Ah, vamos! ¡Eso era! Hombre, pues por lo sobrenatural ya no ilusiona tanto. No tiene tanta gracia. ¡Ya podrán!

—¡Caramba! ¿Y qué quería usted? ¿Sin segunda picada y además por el mundo natural? ¡Pues no se conformaba usted con poco! ¡Ni con Einstein teníamos bastante para usted! Me parece exigir ya demasiado, le digo la verdad.

—Bueno, sea como sea, vamos a verlo, ya que estamos. ¿Dónde lo tiene usted?

—En el Cerro del Pobre. Una cueva que se abre allí a los pies.

Dijo que siendo mágico no lo tenía en verdad en parte alguna, sino que con una cueva había bastante. «Cualquier cuevita así mediana vale.» Que por eso había dicho que era representante de todo y a la vez de nada. En diez minutos llegamos a la cueva. Encendí una cerilla para no darme un coscorrón, porque la bóveda era en extremo baja.

—¡En qué sitios me viene usted a meter!

—No proteste; allí al fondo hallará un techo más alto.

El túnel se abría por fin en una sala de regular tamaño; en un rincón había señal de fuego, de cuando había vivido en esta cueva el pobre que daba nombre al cerro. Murió siendo yo joven, pero el fuego se veía todavía muy señalado en la pared de roca, junto a la piedra donde se sentaba: un saliente allanado por encima, como un escaño natural.

—No encienda más cerillas —dijo el diablo—. Escuche: va usted a probar ahora la cosa, sin compromiso alguno; se trata de un pequeño paraíso peculiar: el paraíso de las cosas perdidas. Va a hacer usted una prueba gratuita; cuando termine, si le gusta, que sé que le ha de gustar forzosamente, se lo queda, me paga usted, y en paz. Si en cambio no le gustase, me lo vuelvo a guardar y tan amigos. Ah, yo siempre la prueba por delante. No, yo no estafo en esto a nadie, que el alma no son ningunos veinte duros, para llevársela de trapisonda. No hay derecho a birlársela a la gente por arte del engaño. Dirá usted si esto es una moral. Mire: usted no se extrañe, no le parezca impropio para un diablo; pero es que los negocios son negocios, y si pretende uno andar en ellos sin un mínimum de moral profesional, sin principios algunos de conducta, irá forzosamente de cabeza, se dará el batacazo a los tres días. Aquí sí que no caben extremismos ni hacerse el diablo puro y radical, como allí abajo los jóvenes pretenden sin tener experiencia de la vida. Amigo, allí se ve todo muy fácil; sin salir de las puertas del infierno, ya se puede tener el fanatismo de las manos sucias. Pero en el mundo las cosas son distintas de como uno allí abajo desearía; aquí hay que ser realistas y enseguida comprendes que no hay más remedio que contemporizar y atenerte a principios de conducta si quieres prosperar en los negocios, y el que quiera tener las manos sucias sucumbe a los tres días; porque negocios son negocios y el mundo está hecho así y los diablos no lo vamos a cambiar o a rehacerlo a nuestro gusto. De modo que yo, la prueba de antemano. ¿Está dispuesto usted para empezar?

—Sí, por mi parte cuando quiera.

—Usted colóquese de frente a la pared del fondo. Yo desde aquí, sentado en esta piedra, le iré diciendo lo que tiene usted que hacer. ¿Vale ya? Pues adelante. ¡Mire! ¿Conoce usted esas hojas y esas ramas?

Había aparecido en las tinieblas un panorama iluminado en la pared de roca. El diablo me decía, voz en off:

—Las hojas y las ramas de los árboles nacen nuevas en cada primavera y el dibujo que forman cada año jamás, jamás, se vuelve a repetir. ¿Conoce usted esta tarde y este río? ¿Conoce aquel morral sobre la hierba? Seis años va a hacer ya; y el son del agua rauda y encrespada, compuesto de innumerables gorgoteos, es el de aquella tarde irrepetible. Entre, pues, coja ya su caña que está junto a aquel tronco del ribazo. Ahí la ha dejado usted al ir a comer. ¿Se acuerda? Entre, es aquella tarde; métase ya en el río. En esas ondas, oculto y receloso, ya sabe quién le espera. Plántese donde entonces; afiance los tacones en los cantos, cebe tranquilo el anzuelo como entonces; haga lo mismo que hizo aquella tarde. Tire la caña ya, recoja un poco, y quieto. Tardó un rato en picar; ¿ve aquella piedra blanca de la orilla, que tiene medio sol y media sombra? Cuando del todo la descubra el sol, sentirá vibrar vida por la caña en sus manos: es la picada vigorosa de él; ya sé que no la ha olvidado todavía. Ya sé que aún recuerda todo lo que sigue; repítalo fielmente por su parte; que por la otra no habrá una brizna de aire ni un volar de mosquito ni una sola gotita microscópica del agua, en aquel vaho de iris que levanta al saltar de aquella roca, que se desvíe de su camino antiguo. Es aquel mismo día. ¡Ah, ya! Ya se ha trabado en el cartílago el anzuelo con su ganchillo sin retorno. Comienza la pelea. Suelte carrete, suelte más y más, suéltele todo el que le pida; acuérdese del pez que era; usted no lo había visto todavía, pero en el pulso ya se le anunciaba como un par de Francia. Todo fue bien después; no cambie nada; repita aquello mismo hasta volver a descubrirle a flor de agua la comba de su coraza rutilante. Todavía peleará una vez más de retirada y el carrete ganado se volverá a desenrollar; pero sea nuevamente generoso ahora que ha visto el centurión que es; ya pronto le verá usted aquella boca, aquella frente oscura, y la pupila impávida, que aún no ha olvidado; poco después vino el error; el entusiasmo fue el mal consejero; ¡ea!, ¡apareció la boca! Ahora esté bien al tanto de mi voz, para el instante en que tiene que cambiar; siga, recoja con cuidado como entonces; atento ahora que ya viene el error: va usted a torcer la caña hacia la izquierda, ¡ya, en este instante! ¡Tuérzala a la derecha! ¡Ya está! ¡Bravo! ¡Ahora sí que es suyo el par de Francia! Tráigalo lentamente a sí. Tire ya del bichero. Un buen zarpazo, cuando esté a sus pies...

—¡Basta! ¡Es una mentira! ¡Esto no alegra, no vale, no me es nada...!

Tiré la caña a la corriente, tiré el bichero al agua, dejé

marchar al par de Francia, salí del río y me vine hacia la cueva. La luz se oscureció; mi paisaje se había desintegrado; ya estaba en la tiniebla de la cueva.

—¡Qué ha hecho usted, insensato! ¡Cuando ya iba a ser suyo finalmente! ¿Por qué lo ha abandonado?

—No me satisfacía, no sabía a nada.

—¡Pero si era el salmón de aquella tarde! Aquél por el que vendía su alma al diablo. El de tanta amargura y desconsuelo. El mismo que iba ahora usted a coger. ¡El mismo!

—¡No, no era el mismo!

—¿Cómo que no era el mismo? ¿No ha reconocido usted la tarde? ¿Pueden las hojas y las ramas de los árboles repetir por dos veces el dibujo que forman una vez? ¡Era su par de Francia; era el mismo salmón!

—Sí, ya sé que era el mismo. El mismo, pero no aquél.

—¡Aquél! ¡Sí que era aquél! ¿Por qué dice que no? ¿No lo ha reconocido como aquel de entonces?

—Sí, ya sé yo que este era aquel de entonces pero no aquel aquél de aquel entonces.

—Palabra, don Rafael, que no le entiendo.

—Las cosas perdidas no tienen paraíso. Aquel aquél se fue. ¡Se fue, rompió el sedal, se me escapó! ¡No hay alma que yo pudiese dar al diablo, mil veces que naciera, bastante para volverme al que escapó!

—No le comprendo, de verdad, señor; ¿por qué no era aquel este salmón? ¿Por qué no le sabía a nada cogerlo? ¡Si era el mismo, señor, el par de Francia y aquella misma tarde!

—Sí, aquella misma, pero ya escapada, ya jugada y perdida como primogénita, donde todo retorno se sabe segundón y sucedáneo. Mire, ustedes habitan en la eternidad; no pueden de ningún modo comprender esta especial y tal vez loca y vana condición que a los hijos del tiempo nos embarga. El paraíso de las cosas perdidas es una mentira, un imposible, *contradictio in terminis*.

—Ay, pues así será si usted lo dice... Pero salgamos de esta cueva ya. Así será, señor. Y me dijeron: un negocio regio; una cosa que habrá de hacer furor. Lo creí; ¿quién podía figurarse lo contrario?

Salimos de la cueva; la tarde iba vencida; dijo que se marchaba hacia otra aldea cualquiera; se detuvo en la cruz de dos caminos.

—Aquí nos separamos, don Rafael; el cigarrillo de la despedida.

Tiré de cajetilla; con los cigarros ya en los labios, los iba yo a encender cuando él me dijo:

—Quieto, la lumbre ya la pongo yo.

Y se metió la mano por la parte de atrás en sus mal remendados pantalones y, tras hundirla en ellos, rebuscó hasta sacarse un largo y negro rabo, con el pelo perdido en muchos sitios, marcado de mataduras, y alzó en alto la punta que terminaba en un pincel, forma de llama, como los de la vaca y el león, y teniéndola en alto ante su cara, recitó una jaculatoria que decía:

Lucifere, Lucifere,
de todo fogo reye,
flammulam mitte mihi,
ut hoc cigarro incendiem
sic ego in fide tui
perpetue perseverem.

Y al instante el pincel de su rabo se hizo llama viva y verdadera, y me dio lumbre, todo sonriente, y luego encendió él. Guardándose ya el rabo nuevamente, detrás de ahogar la llama con la mano, me dijo:

—Nuestro latín no es muy canónico, por cierto; pero aún tiene vida en todo lo oficial. Los jóvenes pretenden abolirlo. ¿Habrá algo que ellos no quieran abolir? Pero en la tradición es la gran lengua con que los grandes santos eran tentados por los grandes diablos, cuando había grandes a una y otra parte; lengua en la que nos decían: «Vade retro, Satana». Para contender, tenían que entenderse; y de aquel tiempo data, o sea hacia vuestros siglos XII y XIII, su instauración en los infiernos. —Reía satisfecho—. Ya puede usted decir que ha visto un diablo, si le ha visto el rabo. Pero un mechero como éste no lo había visto usted en ninguna parte. ¿A que eso sí que no?

Luego me dio la mano y se alejó y pintaban sus espaldas una figura de melancolía.

CUATRO COLEGAS

A Medardo Fraile

De los cuatro colegas que tenía yo en aquella oficina, uno era simpático y educado, otro antipático y educado, el tercero antipático y maleducado y el cuarto simpático y maleducado. Yo, que soy más bien amigo de las distancias, guardaba el siguiente orden de preferencia: primero, con gran ventaja, el antipático educado; después el simpático educado y, casi a la par con él, el antipático maleducado, y finalmente, a enorme distancia, el simpático maleducado, del que si la objetividad no me obligase a reconocer que era, realmente, una buenísima persona, diría que resultaba un ser absolutamente abominable. El antipático maleducado era bastante duro de tratar, pero con él cabía la alternativa de la fuga y la prudencia, en tanto que la comparación entre el segundo y el cuarto me daba la ocasión de reparar en cómo mientras la buena educación es un remedio enteramente eficaz contra la antipatía, por el contrario, la simpatía, lejos de aliviar en nada la mala educación, la agrava y la potencia.

En efecto, aun después de tantos años, no puedo olvidar a aquel simpático maleducado, con los esfuerzos sobrehumanos a que me obligaba para domar la ira que me estallaba en el cuello y en las sienes y me bajaba hasta los nudillos y las uñas de las manos cada vez que me golpeaba riendo campechanamente los omoplatos con la más cordial de las familiaridades, a la vez que decía: «¡Sánchez! ¡Qué tío más grande!». Siempre me guardé bien de pedirle el más mínimo favor, aun a sabiendas de que era el hombre más generosamente dispuesto a hacerlos, que incluso parecía disfrutar más él mismo que el beneficiario. Pero yo aborrecía su manera de interpelar, de responder o de reír; aquellas «autocarcajadas» —como las designaba yo para mis adentros— con las que celebraba sus propios y constantes juegos de palabras, para los que demostraba la más idiota de las facilidades. Y, sobre todo, la manera de quitarse el sombrero y el abrigo, dejándolos caer en la primera silla que tuviese a mano. A solas en el despacho, miraba yo aquel abrigo encima de la silla, parte de las solapas medio apoyadas contra la parte baja del respaldo, pero nunca plegado, ya con el forro para afuera, ya con el forro para adentro, sino mitad enseñando el paño, mitad enseñando el forro —¡azul celeste, lo recuerdo bien!—, y esta mitad que me enseñaba el forro, presentando el arranque de la manga sobresaliendo un poco, porque al sacar el brazo se despreocupaba de que la manga se viniese un poco tras el brazo —pero no del todo como cuando se vuelve un calcetín—; así que mientras la otra manga, que presentaba el paño, caía a la otra parte, tocando el pavimento, aquel muñón o tubo de la manga semivuelta —hecha más rígida por la propia doblez— sobresalía diagonalmente, en la cima de aquel montón informe, apuntando hacia el abierto montante de la puerta, como un obús dispuesto a bombardear por elevación a cualquier pobre cliente que avanzase por el pasillo hacia la puerta cerrada del despacho. Pero ni aun todo el tormento que la visión de aquel abrigo llegaba a producirme tenía fuerza bastante para hacerme vencer mi repugnancia ante la sola idea de tocarlo y recolocarlo en la postura que tienen los abrigos de las personas que tienen la más mínima dosis de buena educación.

Se llamaban, por el mismo orden en que al principio los he cualificado, Medina, Yanguas, Núñez y Menéndez. Pero yo cualifico y clasifico olvidándome de que yo mismo podría ser juzgado. Sin embargo, las cuatro combinaciones posibles con las dimensiones de la simpatía y la educación las agotaban mis cuatro compañeros. ¿Dónde podría entrar yo?

CARTA DE PROVINCIAS

A Miguel Delibes

Querido hijo, sólo para contarte que anoche volvió el lobo. Hay quien dice que treinta y quien que veintinueve los años que no asomaba por aquí, o sea llevando yo ya de maestra sobre unos cinco o seis, que apenas lo recuerdo, porque son los hombres los que hacen efemérides o «memorabilia» de estas cosas. Como el punto de la pelea va sólo en días (por porfiar que no quede, ya sabes cómo son), han escrito a Valladolid y que les manden *El Zaragozano* de aquellos años a vuelta de correo, porque es el único que trae las lunas, y en lo que todos están contestes es que fue luna llena, como anoche.

No tengo que decirte que el lobo ya no es fuente de aprensión ninguna por aquí (qué digo, si tan siquiera habías nacido) y, en cambio, una gran temática de curiosidad, de diversión, de episodios antiguos cien veces reajustados, mejorados y redondeados. Esto los viejos, que se dan muchas ínfulas y credenciales de testigos de vista de que el lobo existe o ha existido alguna vez; y a tanto llegan que algunos, como Fariña, hace como que se muere de risa de todos los que juran y perjuran haberlo visto anoche: «¿Sabréis vosotros ya lo que veis o dejáis de ver? Nada más por presumir coronaríais por lobo cualquier chucho roñoso amontado que os regruña o enseñe los dientes. ¡Ni lobo ni pelo parecido habéis visto vosotros, más que el miedo que habéis tenido que fingir para no haber tirado a la basura el precio de la entrada en una película de licantropía!». Los viejos se resisten, como ya puedes entender, a que nadie amenace robarles el honroso y acrisolado prestigio de haber sido los últimos que han visto el lobo alguna vez.

Lo de los jóvenes, como te puedes figurar, se ha decantado por un sesgo muy distinto. Para ellos no cuenta la porfía de quién ha visto al lobo, ayer o hace treinta años. Para ellos, lo importante no es haber visto al lobo; para ellos, lo que hay que hacer no es ver, sino matar, ya ves qué cosas, ¿sabrán lo que es matar? Así andan ahora desde anoche revolucionados. Los cazadores, o mejor dicho esos apenas cumplidos de la mili que dicen que lo son porque un par de días al año salen con la escopeta de su padre a la pasa del malviz, que para qué te cuento como hubiese que cenar de lo que traen, a estos incautos, digo, la novedad del lobo (si visto, por visto y si no, por si acaso) les ha levantado una calentura del 42, que no quiero acordarme, hijo mío, de aquel año que te dio el paludismo, que parecías echar llamas de la frente. Bueno, esta es, gracias a Dios, una fiebre muy distinta, y ellos se lo pasan en grande con que si mejor balas o mejor postas; que balas para los buenos tiradores y postas para los maletas (al oído te digo lo que tu padre opina: lo que es maletas, cree que lo son todos), o que lo uno para el cañón izquierdo, lo otro para el derecho,

¡qué sé yo! Y aunque la partida sería para mañana por la madrugada, sólo Dios sabe en este mundo lo que es capaz de andar un lobo en treinta horas, como no sea que se tope con alguna querencia o merodeo. Tu padre me cuenta que se ha sabido, con comprobación, de alguna loba parida que se alejaba hasta veinte kilómetros, cinco leguas dice él, de la carnada, en busca de una presa, y a la noche volvía puntualmente a amamantar a los lobeznos; lobas y todo, madres son.

Y así andan confabulándose todo el día, como si lo que más apremiase fuese tenerlo todo bien hablado, más que montar todo el aparato de efectos y apechusques que tal como la moda y el comercio han venido emperifollando y complicando con menos cosas útiles que inútiles el figurón de escaparate del verdadero y moderno cazador, no es tarea de un cuarto de hora, que era lo que a tu padre le sobraba para salir al monte. A estos chavales me da a mí la impresión como que se les ha pegado la verborrea y las muletillas de los informativos de la televisión o los comodines de los políticos. Esta mañana pasaba yo por delante de la puerta y oigo: «Lo importante es la coordinación, la coordinación tiene que ser perfecta». ¿A que has adivinado que era Miguel Esteras, el de Comisiones? ¿Quién otro podría haberlo dicho? Ya sé que es un buen muchacho, que tú lo estimas, pero perdóname que todavía no me haya entrado en la cabeza esa palabra de «coordinación», y no pueda dejar de hacerme gracia sobre todo aplicada a «la batida», porque lo que yo digo, ¡anda que si después acaba por ser el lobo el que no quiere dejarse coordinar!

En toda la disputa de los jóvenes (ya habrás conjeturado que es tu hermano el que me tiene al tanto puntillosamente) ha habido sólo un momento algo desagradable, en que se han oído voces agrias y se han visto caras despectivas: ha sido cuando a Jaime Miranda, el hijo del director de Banesto, no se le ha ido a ocurrir mejor cosa que sacar a relucir la palabra «safari». No quieras saber cómo se ha puesto tu primo Antonio, aunque tu hermano opina que ha sido tremendamente injusto con el pobre Jaime: «¡Safari! ¡Qué hablas tú de safari, idiota! ¡Será de alguno que hayas visto en una de esas películas de leones que tanto te encandilan! Buana querer matar mañana Lobo Grande». Le dio pena Miranda lo avergonzado que lo vio, lo colorado que se puso por aquella tontería. Tu hermano dice que él cree que, en realidad, fue Antonio el primero que sintió vergüenza, pues la palabra «safari» ponía en evidencia toda aquella prosopopeya y aparato que le estaban echando a la ocurrencia de salir mañana, antes de amanecer, tras un presunto lobo pendiente todavía de un mínimo de testimonio de fiar o de un documento de identidad, para entendernos. Miranda soltó entre dientes unas medias palabras de mortificación y de rencor y se marchó. Le llegó el turno a Antonio de sentirse mal, pesaroso de las malas palabras que le había dicho al otro, y quería salir tras él, pero tu hermano y otros lo sujetaron: «Déjalo ahora, es demasiado pronto para disculparse».

Después hubo otra cosa, de la que nadie tenía la culpa, pero que sentó todavía peor para los ánimos de la concurrencia; y fue que uno, tu hermano no me ha dicho el nombre, que veranea en la península del Morrazo, ya sabes: en Galicia, que se puso a contar que ahora en Galicia los cazadores ya no salen a buscar al lobo por ahí por esos montes, adonde pocas veces podrían dar con él, sino que bajan a apostarse entre los pinares o los arcabucos que rodean los inmensos basureros de grandes poblaciones como Vigo o La Coruña, adonde el lobo baja a escarbar entre envases de ESO o de Mistol, botellas de La Casera, tetrabriques de Pascual, bajo un vendaval de bolsas del Corte Inglés, hundiendo allí el fino hocico de una parte a otra, tras algún vago y mezclado efluvio de proteína del palo de una pata de cordero o la carcasa pectoral de un pollo tomatero. Así que cuando a la romántica belleza de la mentira del safari vino a superponerse la hedionda y miserable verdad del basurero, los corazones de aquellos jóvenes y animosos cazadores se estaban ya arrastrando por los suelos; y fue, por lo visto, Sergio, el del notario, el que encontró el valor para expresar el sentimiento general: «La batida ha quedado suspendida», y el soso de tu hermano no ha sabido decirme quién fue el guasón que añadió en voz baja: «*sine die*». ¡Lo que me pude reír!

A tu padre lo llamó por teléfono don Luis. «¿Qué me dices?», dijo, como si no se lo creyera, pero agarró la chaqueta y salió como un rayo hacia la peña del Espíritu Santo, que es desde donde más se domina. Se debía de acordar de aquellos años, cuarenta o más harán, en que fue concejal y luego alcalde, que andaba el lobo muy crecido, y los pastores tenían mucha fuerza para hacerse oír, no por soberbia, sino porque entonces, más que a la categoría de la persona, se miraba a la experiencia que cada uno tuviese en su oficio de él. Aunque ¿dónde están hoy las ovejas, como no sean las cuarenta o cincuenta del de La Matriana? Tu padre estará viejo, pero no confunde un perro con el lobo; lo vio en lo alto de la Loma Larga, corriendo por la cuerda del perfil, bien recortado por la luna llena; que se paró un instante y volvió la cabeza y jura que lo miraba sólo a él.

Tu madre que te adora, María Peña.

ÍNDICE

El papel utilizado para la impresión de este libro
ha sido fabricado a partir de madera
procedente de bosques y plantaciones
gestionados con los más altos estándares ambientales,
lo que garantiza una explotación de los recursos
sostenible con el medio ambiente
y beneficiosa para las personas.
Por este motivo, Greenpeace acredita que
este libro cumple los requisitos ambientales y sociales
necesarios para ser considerado
un libro «amigo de los bosques».
El proyecto Libros Amigos de los Bosques promueve
la conservación y el uso sostenible de los bosques,
en especial de los bosques primarios,
los últimos bosques vírgenes del planeta.

Papel certificado por el Forest Stewardship Council®